insel taschenbuch 1502
Elizabeth von Arnim
Alle meine Hunde

W0087127

Elizabeth von Arnim
Alle meine Hunde

Roman
Aus dem Englischen
von Karin von Schab
Insel Verlag

insel taschenbuch 1502
Erste Auflage 1993
Insel Verlag Frankfurt am Main und Leipzig
Copyright für die deutsche Übersetzung von
Karin von Schab: S. Fischer Verlag, 1937
Lizenzausgabe mit der freundlichen Genehmigung der
S. Fischer Verlag GmbH, Frankfurt am Main
Hinweise zu dieser Ausgabe am Schluß des Bandes
Hinweise zu dieser Ausgabe am Schluß des Bandes
Vertrieb durch den Suhrkamp Taschenbuch Verlag
Umschlag nach Entwürfen von Willy Fleckhaus
Druck: Druckhaus Nomos, Sinzheim
Printed in Germany
ISBN 978-3-458-33202-2

6 7 8 9 10 11 – 12 11 10 09 08 07

Alle meine Hunde

Ich möchte zu Beginn die Feststellung machen, daß Eltern, Ehemänner, Kinder, Liebende und Freunde zwar alle durchaus ihr Gutes haben, aber sie sind keine Hunde. Da ich im Laufe meines Lebens alles das auf meine Weise schon gewesen bin – außer daß ich statt zu den Ehemännern zu den Ehefrauen gehörte –, weiß ich, was ich sage, und bin wohl vertraut mit dem Auf und Ab, dem täglichen, ja zuweilen fast stündlichen Stimmungswechsel, der offenbar unvermeidlich die Liebe der überempfindlichen Menschen zu begleiten pflegt.

Hunde sind diesen Schwankungen nicht unterworfen. Wenn sie einmal lieben, dann tun sie es beständig, unwandelbar bis zu ihrem letzten Atemzug.

So möchte ich gern geliebt werden, – und deshalb will ich von Hunden erzählen.

Bis jetzt habe ich vierzehn gehabt, doch waren sie nicht gleichmäßig über mein Leben verteilt, und jahrelang hatte ich gar keinen. Als ich mir zum erstenmal über meine Hunde Gedanken machte, wunderte mich das; ich meine, daß ich während vieler Jahre keinen besaß. Wie war es nur möglich, fragte ich mich, daß ich es über mich brachte, ein hundeloses Dasein zu führen? Wie ging es zu, daß es solch lange Zeiträume gab, in denen ich nicht irgendeinen guten Hund glücklich machte?

Kürzlich habe ich nun, um auf diese Fragen eine Antwort zu finden, mein Gedächtnis durchforscht und herausgefunden, daß in der weiter zurückliegenden Vergangenheit mein Vater die Ursache davon war. Es hat noch andere Ursachen gegeben, neueren Datums, wie ich gleich erzählen werde, aber er war die erste. Er liebte Hunde nicht. Ein rechtschaffener, aber reizbarer Mann, viel zu empfindlich, um gegen Störungen gewappnet zu sein, konnte er durch Lärm leicht zur Verzweiflung gebracht werden, und Hunde machen oft Lärm. Darum duldete er sie in keiner größeren Nähe als draußen im Hinterhof, wo sie als Wächter an der Kette lagen, arme traurige Kreaturen, in Erwartung eines Einbrechers, der niemals kam; und wenn ein Besucher zufällig seinen Hund mitbrachte und dieser etwas tat, was er vielleicht nicht hätte tun sollen, zum Beispiel den Teppich zernagte oder aufsprang und bellte oder, schlimmer noch, seine Stubenreinheit verleugnete, dann pflegte mein Vater, entschlossen, die Gebote der Höflichkeit um keinen Preis zu verletzen, diesem Betragen ironisch Beifall zu spenden, indem er seine Hände leise zusammenschlug und mit so tödlicher Sanftmut sagte: »Guter Hund, feines kleines Kerlchen, prächtiger Bursche –«, daß der Besuch nie wiederholt wurde.

Meine Mutter liebte Hunde ebenfalls nicht – das heißt, ich glaube eher, da sie eine viel zu gutherzige, sonnige und verträgliche Natur war, um eines so negativen Gefühls wie der Lieblosigkeit fähig zu sein, daß sie ihre Existenz einfach nicht bemerkte. Sie schien nicht zu wissen, daß auch sie auf der Welt waren, auf ihren kleinen Pfoten durchs Leben trappten und die gleiche Luft atmeten wie sie selbst, zwangsläufig, von Geburt an bis zum Tode; und ich bezweifle, daß sie sich jemals zu einem Hund niederbeugte und ihn streichelte.

Sie war viel zu hübsch und viel zu sehr mit ihren Verehrern beschäftigt, um noch irgendwelche Zeit und Aufmerksamkeit für die Erdenbürger zu erübrigen, die mehr als zwei Beine haben. Unbekümmert ging sie durchs Leben, ein glückliches, anbetungswürdiges kleines Geschöpf, immer umschwärmt von zahlreichen Freunden und Bewunderern, und empfand nie auch nur annähernd jene geheime Einsamkeit, jenes Verlangen nach mehr, als menschliche Wesen zu geben vermögen, jene Sehnsucht nach größerer Treue und tieferer Ergebenheit, die in der Anhänglichkeit der Hunde ihre Befriedigung findet. Sie bedeuteten ihr nichts. Was sie anbetraf, ließ ihre Einbildungskraft, die sonst so rege war, sie im Stich; und da wir Kinder in unseren Eltern die höchste Autorität erblickten und unsern Vater verehrten und fürchteten und unsre Mutter vergötterten, machten wir ihre Haltung allen Dingen gegenüber zu der unsrigen und dachten nicht nur, was sie dachten, sondern waren von der Unfehlbarkeit ihrer Gedanken leidenschaftlich überzeugt.

Aus diesem Grunde waren Hunde von dem Wunschzettel jener Dinge, die wir vielleicht gerne bessen hätten, gestrichen, und es wundert mich, wenn ich daran denke, daß ich nichtsdestotrotz, als ich ganz klein war, einen bekam und es mir erlaubt wurde, ihn zu behalten.

Bijou

Während einer kurzen Zeit, gerade so lange, wie ein wohlhabender junger Mann benötigte, um um meine Schwester zu werben und sie zu heiraten, wurde mir erlaubt, einen Hund zu haben, weil dieser junge Mann im Eifer der Hochzeitsvorbereitungen alle in Reichweite befindlichen Verwandten seiner Braut mit Geschenken überschüttete und mich mit einem Hund beglückte.

Es gibt keine andere Erklärung dafür, daß dieser Vierfüßler in den Familienstand aufgenommen wurde, als die Tatsache, daß gerade damals, angesichts des willkommenen Freiers und des Glücks meiner Schwester, die häusliche Stimmung von äußerster Duldsamkeit und gutem Willen erfüllt war. Überdies wartete mein Vater wahrscheinlich seine Zeit ab, weil er wußte, daß nach der Hochzeit und der Abreise des Schwiegersohns alle die verschiedenen Geschenke geprüft, gesiebt und ihrer, seiner Meinung nach, richtigen Bestimmung zugeführt werden würden. Jedenfalls glaube ich nicht, daß das mir zugedachte Geschenk den Hochzeitstag lange überdauerte, und da ich erst fünf Jahre zählte, was ja gewiß kein Alter ist, in dem man mit der Pflege eines Hundes betraut werden sollte, so war es wohl gut, daß der erste vermutlich fortgegeben wurde. Und sein Aufenthalt war so kurz und sein Kommen und Gehen so plötzlich, daß ich mich, wenn es nicht ein Bild gäbe, auf dem wir beide zu sehen sind, seiner vielleicht nicht einmal erinnert hätte.

Aber ich habe ihn keineswegs vergessen. Ich weiß noch, daß er Bijou hieß und daß er mein erster Hund gewesen ist. Und ich weiß auch, daß ich zu jener Zeit so eitel und oberflächlich war und für wirkliche Werte, wenn überhaupt, nur sehr wenig Sinn hatte, daß ich an dem Tage, an dem wir photographiert wurden, weit mehr Interesse für meine neuen gelben, mit Quasten besetzten Schuhe aufbrachte als für das komische, gefleckte kleine

Wesen, das mit so gutmütig ernster Miene mir zu Füßen saß. Wieviel habe ich seither gelernt – wie weise bin ich geworden, was Hunde anbetrifft!

Bijou also war mein erster: ein Hündchen, das nur mehr als verschwommenes kleines Etwas in meiner Erinnerung lebt. Zwischen ihm und seinem Nachfolger gähnte ein Abgrund von neun Jahren, in denen ich mich notgedrungen mit Katzen behalf. Glücklicherweise war mein Vater ein Katzenfreund, so daß es wenigstens immer etwas Lebendiges im Hause gab, das nichts dagegen hatte und es sogar liebte, gestreichelt und zart gekitzelt zu werden. Ich war die Jüngste von uns Kindern, und nun allein zu Hause übriggeblieben, wurde ich einer Mademoiselle anvertraut, deren Pflicht es war, mich zu erziehen und darauf zu achten, daß ich mir die Ohren wusch. Man darf eine Mademoiselle nicht kitzeln, und man kann von ihr nicht erwarten, daß sie sich auf den Rücken legt und sich am Bauch streicheln läßt. Außerdem machte es mir gar keinen Spaß, sie zu streicheln. Deshalb kamen mir diese Katzen wie gerufen, und ich beschäftigte mich ausschließlich mit ihnen.

Aber es ist wirklich eine undankbare Beschäftigung, sich mit Katzen abzugeben. Man wünscht ein Echo zu wecken, und in dieser Hinsicht ist nur sehr wenig aus ihnen herauszuholen. Unnahbar und erhaben, ewig in weltentrückte, geheimnisvolle Selbstbetrachtung versunken, lassen sie sich zwar anbeten, doch erhält man von ihnen keine andere Antwort als ein Schnurren. Ich gebe zu, ihr Schnurren ist etwas Bezauberndes, und ich sehnte mich danach, selbst schnurren zu können, aber Schnurren allein vermag ein hungriges Menschenherz auf der Suche nach etwas, was seine Leere ausfüllt, nicht zu sättigen; und da ich zu jener Zeit in jeder Beziehung ein »einziges Kind« war und meine Eltern in ihren eigenen Interessen aufgingen und meine Mademoiselle sich hinter ihrem Französisch verschanzte, fühlte ich mich oft schrecklich einsam. Außerdem ist es so entmutigend und niederdrückend, wenn man auf einen zärtlichen Ruf hin nur flüchtig angesehen wird. Keine Liebkosung konnte diese Katzen aus ihrer Ruhe aufscheuchen, wenn sie nicht in Stimmung waren, und man will doch nicht nur, daß jemand, den man ruft, zu einem kommt, sondern auch, daß er begeistert, zu jedem Streich bereit, auf uns zuläuft. Man wünscht sich einen Spielkameraden, einen Gefährten, einen Freund. Man wünscht sich eben einen Hund!

Bildad

Ich bekam einen Hund, einen anderen, Nummer zwei! Aber nicht vor meinem vierzehnten Geburtstag, nach neun langen Jahren uneingeschränkter Katzenherrschaft.

Mein Vater war im Begriff, sich auf eine Weltreise zu begeben – ein Zeitvertreib, der ihm zu gefallen schien, denn ich erinnere mich, daß er während meiner Kindheit zweimal eine unternahm –, und kaum war er fort, atmete alles auf. Sonderbar, wie heiter das Leben plötzlich in jenen Jahren wurde, in denen mein Vater abwesend war, wieviel Spielraum es bot und wie unbeengt man sich fühlte. Was mich anbetraf, so entwickelte ich mich aus einem verschüchterten zu einem beinahe übermütigen

Kind, und anstatt meine Aussprache zu verbessern und auf meinen Gang zu achten, achtete ich auf gar nichts mehr und ließ mich selbst von dem Stirnrunzeln meiner Mademoiselle nicht mehr einschüchtern. Und als meine verheiratete Schwester, die mir noch immer zugetan war, mir einen Hund schenkte, nahm ich ihn einfach an, ohne vorher selbst meine Mutter zu fragen, ob ich ihn auch behalten durfte.

Sie, die hübsche und vielgeliebte Frau, die immer so rührend duldsam und nachgiebig war, lachte, küßte mich und sagte: »Aber natürlich, Liebling«, geradeso, als ob ich sie um Erlaubnis gebeten hätte. Sie wußte, daß mein Vater noch mindestens sechs Monate fortbleiben würde, und was ich auch in dieser Zeit immer haben wollte, bekam ich, und meine Mutter lachte dazu, küßte mich und sagte, um den Anschein zu wahren: »Aber natürlich, mein Liebling« – als ob ich sie um Erlaubnis gebeten hätte.

Dieser mein zweiter Hund hieß Bildad. Ich besitze kein Bild von ihm, denn niemand hielt ihn für schön genug, um eine Aufnahme von ihm zu machen. Er war ungefähr einen Fuß hoch, ein kleiner, sandfarbener Spitz, eine aus Pommern stammende Rasse, wie man mir sagte, was mir heute als seltsame Vorbedeutung erscheint, denn nach Pommern sollte mich das Schicksal später für Jahre verschlagen. Ich war es, die ihn Bildad taufte, weil ich damals eine eifrige Bibelleserin war; und als meine Tanten Carla und Jessie, die zu Besuch bei uns weilten und wie üblich alle ihre drolligen Kapotthüte mitgebracht hatten, mich fragten: »Wie kommst du gerade auf Bildad?«, antwortete ich: »Weil er nur einen Fuß hoch ist.« Und als sie weiter in mich drangen, verwies ich sie schnippisch auf das Buch Hiob, zweites Kapitel, elfter Vers.

Ein eigensinniges Kind! Ein vorlautes, unliebenswürdiges Kind! Meine Tanten, freundlich und nachsichtig, wie sie waren, blickten sich verständnisvoll an und bemerkten vielleicht zum hundertsten Male, was für ein merkwürdiges kleines Geschöpf ich doch sei.

Bildad machte mich überglücklich. Im Gegensatz zu Bijou war er ein wirkliches Ereignis in meinem Leben. Ich liebte ihn innig und war überzeugt, daß er der schönste Hund seiner Rasse war – obwohl ich heute weiß, daß er wirklich kein besonderer Hund gewesen ist. Das ist ein Spitz überhaupt nicht, noch stammt ein Spitz aus Pommern, denn als ich später selbst eine Pommerin wurde und dort lebte, erblickte ich niemals, soviel ich mich auch umsah, einen Hund, der auch nur annähernd Bildad glich.

Aber damals, als ich Bildad bekam, lag Pommern für mich noch in weiter Ferne. Und außer durch ihn kam ich während der nächsten Jahre mit diesem Land noch nicht in Berührung. Ich wußte nicht einmal, wo es lag, und ich wage zu sagen, meine Mademoiselle wußte es auch nicht. Sie wandte für meine Erziehung nur gerade so viel Eifer auf, wie ich ertrug, und hatte eine in meinen Augen bewundernswerte Angewohnheit. Sie gab mir nämlich eine Seite Fingerübungen auf dem Klavier sowie französische Verben oder lateinische Deklinationen zum Auswendiglernen auf und ließ mich mit Bildad allein, während sie, die mich in dieser Zeit eigentlich unterrichten sollte, sich in ihr Zimmer zurückzog und dort bis zum Mittagessen verblieb.

Es war ein Fehler, mich mit Bildad allein zu lassen. Ganz allein wäre ich vielleicht tugendhaft geblieben, aber mit einem Spießgesellen war es unmöglich. Im selben Augenblick, als wir die Tür zuschlagen hörten, sprangen er und ich aus dem dafür so geeigneten, niedrigen französischen Fenster, ließen Klavier, Verben und Deklinationen im Stich und tollten ausgelassen auf dem Rasen herum. Da ich wußte, daß meine Mademoiselle nicht herunterkommen würde, bevor der Gong ertönte, pflegte ich nur die letzten zwanzig Minuten vor dem Essen für meine Aufgaben zu benutzen, und zwar begann ich zuallerletzt mit den Fingerübungen, so daß sie mich mit vor Eifer wippenden Zöpfchen vor dem Klavier sitzend antraf, ahnungslos, mit welchen Streichen wir uns die Zeit bis dahin vertrieben hatten.

Was wir alles anstellten! Wir kugelten im Garten herum, jagten einander durch die Büsche, warfen Steine, denen wir beide nachliefen, und all dies taten wir völlig lautlos – denn Bildad wußte genau so gut wie ich, daß es für uns beide ein schlimmes Ende nehmen würde, wenn er gebellt hätte. Und wenn wir müde wurden oder er irgendwelchen eigenen Angelegenheiten nachgehen wollte, pflegte ich mich unter die Fliedersträucher zu legen, um mich abzukühlen und zu denken: Ob ich wohl jemals einen Liebhaber bekommen werde? Denn zu jener Zeit hatte ich, unwissend, wie ich war, eine hohe Meinung von Liebhabern und dachte oft an sie.

Dann kam mein Vater zurück; und der erste Brief, den er öffnete, war eine Rechnung von Marshall und Snelgrove in Höhe von hundert Pfund nur für Bänder, die versehentlich zwischen seine Korrespondenz geraten war.

Das umwölkte die Heimkehr. Er hatte nicht gewußt, daß es so viele Bänder auf der Welt gab, und die Tatsache, daß eine einzige kleine Frau so viele Meter benötigt hatte, um sich zu schmücken, versetzte ihn in einen Zustand ungläubigen Zorns.

Wir schlichen ängstlich durchs Haus und bemühten uns so zu tun, als ob wir nicht da wären. Mit »wir« meine ich mich, Bildad und meine Mademoiselle; obwohl auch die abenteuerliche kleine Verschwenderin es vorzog, auf Zehenspitzen umherzugehen. Aber sie besaß eine solche Geschicklichkeit im Umgang mit Ehegatten und überhaupt mit Männern, daß sie, obzwar wie zweifellos eine Zeitlang in einer geladenen Atmosphäre lebten, es schneller als die meisten anderen Frauen fertigbrachte, die häusliche Mißstimmung zu beseitigen.

Unglückerlicherweise wurde Bildad bei dieser Gelegenheit auch beseitigt. Wenn mein Vater auch dem betörenden und einschmeichelnden Wesen meiner Mutter nicht lange widerstehen konnte, so vermochte er doch Bildad sehr wohl zu widerstehen. Und es übte gar keine Wirkung auf ihn aus, daß das arme Tier, wann immer es seinem strengen Blick begegnete, furchtsam mit dem Schwanz auf den Teppich klopfte. Ob ich nicht wisse, wandte sich mein Vater an mich, während seine blauen Augen zornig aufflammten und Bildad sich unter den nächsten Tisch verkroch, daß er Hunde im Hause nicht dulde? Ob es mir nicht bekannt sei, daß er sie auch weder im Garten noch überhaupt im Umkreis einer Meile haben wolle? Ob ich vielleicht die Güte hätte, ihm zu erklären, wie es zugehe, daß, wenn er nicht hier wäre, um auf Ordnung zu achten, überhaupt keine Anordnungen befolgt würden?

Zitternd stand ich da und wagte kein Wort zu sagen, denn er gehörte zu den in jener Zeit sehr häufigen Vätern, denen man eine Antwort schuldig blieb. Außerdem, was wußte ich schon von Ordnung und warum sie überhaupt nicht beachtet wurde? Er fragte mich nur danach, fühlte ich, weil ihm nichts daran lag, meine Mutter zu fragen, die, das wußte er so gut wie ich, der einzige Mensch war, den er deshalb hätte zur Rede stellen sollen. Aber er tat es nicht, weil er wohl befürchtete, daß sie dann weniger zärtlich und anschmiegend sein würde; und ich ahnte dunkel, daß davon zum großen Teil unser Familienfrieden abhing.

So wurde Bildad plötzlich weggegeben, genau wie Bijou – zu guten Leuten, wie mir meine Mutter, während sie mir die Tränen fortküßte, versicherte; obwohl ich dessen durchaus nicht sicher war, weil, dachte ich, wenn es der Fall gewesen wäre und man ihn folglich jeden Tag spazierengeführt hätte, ich ihm doch früher oder später einmal hätte begegnen müssen, wenn ich selbst von meiner Mademoiselle spazierengeführt wurde.

Und ich sah ihn nie!

Doch hegte ich keinen Groll gegen meinen Vater. So etwas wie Groll gegen Eltern war damals für Kinder etwas Unvorstellbares. Kinder waren respektvoll, selbst in ihren Gedanken. Väter befahlen, und Kinder gehorchten. Was Väter taten, war immer richtig und unbestritten, und daß Bildad mir entrissen wurde, empfand ich ebensowenig als persönliche Kränkung wie einen Regentag. Und als ich heranwuchs und meinen Vater besser verstehen lernte und ihn durch meine Heirat und mein Fortgehen von der Verantwortung befreite, die sein reizbares und gewissenhaftes Gemüt belastet hatte, wich auch meine Furcht vor ihm, und Liebe nahm ihren Platz ein. Mein Gefühl für ihn steigerte sich von Verehrung und Furcht zu Verehrung und Liebe. Ich habe ihn immer verehrt; mein ganzes Leben lang blieb er mein Ideal eines rechtschaffenen Mannes, der das Rechte tut und Gottes Auge nicht zu scheuen braucht; aber nun liebte ich ihn auch, aus tiefstem Herzen. Vielleicht liebte ich ihn zuletzt sogar noch mehr als meine Mutter, falls das möglich war, und wann immer ich Gelegenheit hatte, aus Pommern fortzukommen, empfand ich in seiner Gesellschaft und Unterhaltung große Freude. So fanden wir schließlich zueinander und waren uns aufs herzlichste zugetan.

Während seiner letzten Lebensjahre, als alle, die ihm je zu schaffen gemacht hatten, entweder gestorben oder fortgezogen waren und meine Mutter, längst über das putzsüchtige Alter hinaus, sich ihm zufrieden auf seinem behaglichen Ruheplatz in der Sonne zugesellte, bildeten sie das entzückendste Paar von alten Eheleuten, das man sich denken kann. Für Hunde hatten sie noch immer nichts übrig, das ist wahr, aber inzwischen war ich selbst viel einsichtiger geworden und begriff, daß man nicht von jedem Menschen erwarten kann, alles und jedes zu lieben.

Von diesem Mangel abgesehen, schienen sie mir beide vollkommen zu sein. Keine alte Dame war jemals so hübsch, so heiter, so voller Humor und Lachen wie meine Mutter, und kein alter Mann besaß eine größere Lebensweisheit als ihr ehrwürdiger Lebensgefährte. Vergangen waren ihre kleinen Streitigkeiten – ich glaube, es hat ihrer nicht wenige gegeben: über Mutters zahlreiche Verehrer, über alle jene, für deren Bezauberung die Rechnung von Marshall und Snelgrove so hoch aufgelaufen war –, fort waren auch die Kinder, die ihn so oft gereizt hatten. Er war ein Mann, der niemals Kinder hätte haben sollen, außer bereits erwachsenen. Babygeschrei machte ihn verrückt, und kleine Mädchen, die aus dem Garten ins Haus stürmten, ohne ihre Schuhe abzuputzen, konnte er nicht ausstehen. Daß er überdies eine Mademoiselle halten und ihre Anwesenheit während mehrerer Jahre, die ihm gewiß endlos erschienen, ertragen mußte, machte ihm auch gerade kein Vergnügen. Was die Rechnungen anbetraf, die endlosen Rechnungen für Schuhe, Medikamente, Zahnärzte, Ferienreisen, Regenmäntel und Schirme, alle diese Dutzende von langweiligen Sachen, für die, wenn man eine Familie hat, das schöne Geld ausgegeben werden mußte, so haßte mein Vater, der äußerst sparsam war, als er noch nicht zu rechnen brauchte, und erst freigebig wurde, als er infolge eines Bankkrachs den größten Teil seines Vermögens verlor, schon ihren bloßen Anblick.

Die Tage, an denen die Rechnungen eintrafen, waren schwarze Tage. Da ich biblisch eingestellt war, neigte mein Instinkt dazu, an solchen Tagen die Berge anzurufen, mich »zu decken«; doch unterließ ich es, weil ich wußte, sie würden es doch nicht tun. Zitternd über meine eigene Gottlosigkeit, dachte ich heimlich, Berge wären wirklich genau so wie Katzen und würden sich nicht von der Stelle rühren, so viel man sie auch riefe. Wie kam die Bibel nur dazu, fragte ich mich so ehrfurchtsvoll wie möglich, zu behaupten, daß sie es tun könnten? Und ich versuchte sie ängstlich zu entschuldigen, indem ich mir einredete, daß sie vielleicht nicht viel von Geologie verstanden hatte.

Aber die Jahre vergingen; die Kinder verließen das Haus oder wurden – wie in meinem Fall – fortgeholt, und Rechnungen gab es nur mehr statt für Schuhe und dergleichen für Blumenzwiebeln. Niemand, der seinen Garten so liebt, wie mein Vater es tat, hat etwas gegen die Bezahlung von Blumenzwiebeln einzuwenden; während es sicherlich nur wenig Menschen gibt, die gern Geld für anderer Leute Schuhe ausgeben. Infolgedessen begannen die Wolken, die sich so bereitwillig über kinderreichen Familien zusammenballen, mit uns Kindern von dannen zu ziehen, und jetzt, nachdem das alles hinter ihm lag, saß mein Vater friedlich und ungestört inmitten seiner Rosen und erwartete in heiterer Gelassenheit den Tod.

Man hätte ihn für einen der alten Propheten halten können mit seinem schneeweißen Bart und dem hohen, kahlen Schädel, wäre er nicht so überaus reinlich gewesen. Niemals gab es einen Mann, der so wohltuend gepflegt, so peinlich sauber war wie mein Vater. Jeden Morgen verbrachte er eine Viertelstunde damit, seinen Bart zu bürsten, während er, in einen tomatenfarbenen seidenen Kimono gehüllt, den er sich aus Japan mitgebracht hatte, in seinem Ankleidezimmer auf und ab ging; und eine entsprechende Zeit und Sorgfalt wandte er auch an seine übrige Körperpflege. Auch innerlich war er in seinem hohen Alter ebenso fleckenlos wie außen, als ob lediglich das Aufhören der Mißhelligkeiten ihn von allem reingewaschen hätte bis auf Großmut und Wohlwollen. Als keinerlei Ärger mehr an ihm nagte, besaß er Muße genug, zu sein, was er von Anfang an gewesen wäre, wäre er allein geblieben: ein wirklich vollkommener Mensch. Ich liebe es, mich seiner zu erinnern, wie er in jenen letzten Jahren war, ein Mann, der nach vielen Schicksalsschlägen einen Zustand ungetrübter Harmonie erreichte und das große Glück hatte, meine heitere Mutter neben sich zu haben, die nichts mehr wollte, als bei ihm sein, und deren bloße Gegenwart die Vögel zum Singen veranlaßte.

Doch bis zu ihrem Ende bestanden sie beide darauf, mit Hunden nichts zu tun zu haben.

Cornelia

Nummer drei war Cornelia, eine schwarzrückige, braunbäuchige Dachshündin, die nur Deutsch verstand. Sie war es, die mir meine ersten deutschen Worte beibrachte, nämlich »kusch« – was nicht sehr deutsch klingt, aber deutsch ist –, »schönmachen« und »pfui«. Das letzte dieser drei Worte erfand ich schließlich als besonders nützlich. Ich entdeckte allmählich, daß fast alle meine häuslichen Schwierigkeiten in Pommern dadurch gelöst werden konnten, daß ich zu störrischen oder nachlässigen Dienstboten sehr laut »pfui« sagte.

Cornelia folgte jedoch Bildad nicht auf den Fersen. Zwischen ihrem Erscheinen und seinem Fortgang lagen einige Jahre, die ich damit ausfüllte, heranzuwachsen und zu heiraten – oder vielmehr geheiratet zu werden, da ich, glaube ich, nicht viel damit zu tun hatte; ich meine, daß ich persönlich nichts dazu tat.

Der Mann, der mich heiratete, war ein Deutscher, und es war deshalb nur natürlich, daß sein Hund, der mich auf der Schwelle meines neuen Heims begrüßte, ebenfalls aus Deutschland stammte. Zu jener Zeit hatten wir noch nichts gegen die Deutschen, und meine Eltern sahen mich eine Deutsche werden, ohne mit der Wimper zu zucken. Ich lernte ihn kennen, als mein Vater mir Italien zeigte, und er, der zu den Menschen gehört, die genau wissen, was sie wollen, hatte mich, wie es schien, vom ersten Augenblick an als künftige Pommerin betrachtet, obwohl er das nicht sofort zum Ausdruck brachte.

Immerhin brachte er es ziemlich bald zum Ausdruck. Drei Tage später, als er hinter mir herlief, ein wenig schnaufend – da er, wie andere gute Deutsche in jener Zeit, die ein gewisses Alter erreicht hatten, nicht gerade schlank war –, und die Turmstiegen des Doms in Florenz emporkletterte, zu dessen Spitze er mich führte, um mir die Aussicht zu zeigen, sagte er mir folgendes:

»Alle Mädchen mögen die Liebe. Sie ist etwas sehr Angenehmes. Sie werden sie auch mögen. Sie werden mich heiraten, und dann werden Sie schon sehen.« Und als wir oben angelangt waren, schloß er mich plötzlich und mit Macht in seine Arme.

Ich erinnere mich, daß ich mich sträubte. Umarmt zu werden war mir etwas völlig Neues, und ich mochte es durchaus nicht. Daß er dann noch erklärte, als er mich freigab, daß dies nur ein Anfang sei, erschreckte mich eher, als daß es mich beruhigte.

Aber mit dem Ring, den er aus der Tasche zog und an meinen Finger steckte, um so gleich die Angelegenheit zu besiegeln, hatte es gar nichts Schreckliches auf sich. Es war ein überaus reizender Saphir- und Diamantring, der seiner ersten Frau gehört hatte – er hatte bereits eine Frau gehabt –, und sein Besitz entzückte mich. Ebenso entzückt war ich von meiner plötzlichen Bedeutung in der Familie. Bis dahin war ich nur eine Null gewesen, und plötzlich jemand zu sein, während einiger Zeit sogar die Hauptperson, das war, wie ich zugeben muß, wirklich sehr angenehm.

Von nun an wurde alles, was mir nur irgend Vergnügen machen oder von Nutzen sein konnte, sofort getan. »Das Kind muß etwas zu essen haben«, pflegte mein Verlobter, der beträchtlich älter war als ich, zu sagen, wenn ich angesichts einer Konditorei verlangend mit der Nase schnupperte.

Rasch lernte ich es, meine Nase hierhin und dorthin zu wenden, sobald ich nur etwas roch, worauf ich gerade Appetit hatte, und mein Vater, der die Unsitte, zwischen den Mahlzeiten etwas zu sich zu nehmen, niemals ermutigt hatte, fand sich genötigt, mich an den Ort zu führen, dem der verheißungsvolle Duft entströmte, und mir mißmutig zuzusehen, wie ich gierig irgendwelche Kuchen verschlang.

»Das Kind muß nach Bayreuth«, verkündete mein Verlobter weiter, nachdem er entdeckt hatte, daß ich die Musik liebte; und folglich sah sich mein Vater, der sie haßte, als der Juli kam, gezwungen, Opern anzuhören.

»Das Kind muß einen Hund haben«, war die nächste Ankündigung, weil ich noch während unseres Aufenthaltes in Florenz auf der Straße ein lebhaftes Interesse für einen jungen Köter bezeigt hatte, und füglich bekam ich einen Hund, ein Geschenk meines Verlobten, und mein Vater mußte vortäuschen, daß er mir erlauben würde, ihn zu behalten.

Aber kaum hatte der Geber uns verlassen und war nach Pommern zurückgekehrt, um nach den großen Roggenfeldern zu sehen, die mir später so vertraut wurden – »animus tuus ego«, waren meine letzten Worte, die ich zum Abschied an ihn richtete, indem ich noch schnell mit den paar Brocken von den lateinischen Kenntnissen meiner Mademoiselle, die in mir haften geblieben waren, zu glänzen versuchte –, kaum war er fort, wurde sein Geschenk dorthin zurückgebracht, wo er es gekauft hatte. Mein Vater war eisern; auch sah ich selbst ein, daß es schwierig wäre, auf Reisen einen Hund mit sich zu führen, und so trennte ich mich von ihm mit um so größerem töchterlichem Gehorsam, als ich ihn nur zu kurze Zeit besessen hatte, um mich auch nur an seinen Namen zu erinnern.

So verlobte und verheiratete ich mich und ließ mich nach Pommern entführen; und auf den Stufen des schönen alten, schloßartigen Hauses, in dem ich so viele glückliche Jahre verleben sollte, stand Cornelia.

Wir liebten uns sofort. Auf den ersten Blick liebten wir uns. Sie hatte ebenfalls meiner Vorgängerin gehört, deren Spuren noch überall zu finden waren. Meine Meinung über Vorgängerinnen, die schon auf Grund des Ringes sehr hoch war, wuchs ins Grenzenlose, als ich Cornelia sah. Diese kleine schlicht gekleidete Hundedame war viel, viel schöner als alle Ringe der Welt. Winselnd sprang sie um mich herum, in der entzückenden Erkenntnis, daß hier endlich der ersehnte Freund und Spielgefährte war. Ihr ganzer Körper war vor lauter Begrüßungsfreude in Bewegung. Sie zeigte sich in ihrem besten Licht. Alle ihre Kunststücke führte sie mir vor. Sie warf sich auf den Rücken, damit ich ihren schönen Bauch bewundern konnte und...

»Küsse den Hund nicht!« rief mein Mann plötzlich. »Hunde soll man niemals küssen. Zum Küssen bin ich da!«

Das war seine Art zu reden. In Aphorismen. Und ich pflegte sie mit einer Art respektvoller Belustigung anzuhören, die Ohren gespitzt und den Kopf zur Seite geneigt. Von Anfang an machten mir seine aphoristischen Aussprüche Vergnügen, und ich schätzte sie.

Während des ersten Jahres meiner Ehe waren Cornelia und ich völlig aufeinander angewiesen. Da ich den ganzen Tag vom Frühstück bis zum Mittagessen allein war, weil mein Mann schon frühmorgens fortging, um seine weiter abgelegenen Güter zu inspizieren, und nicht vor Einbruch der Dunkelheit zurückkam, mußte ich, wenn ich mit jemandem reden wollte, mich mit Cornelia unterhalten.

Da Hunde große Sprachgenies sind, lernte sie Englisch sehr rasch, viel schneller, als ich Deutsch lernte; so verstanden wir uns ausgezeichnet, und »kusch«, »schönmachen« und »pfui« blieben für lange Zeit mein einziger Wortschatz.

Glücklicherweise stimmten wir in unseren Neigungen völlig überein. Sie wollte nur draußen in der Sonne sein, genau so wie ich. Ausflüge in die benachbarten Wälder wurden bald zu unserer täglichen Gewohnheit, und im selben Augenblick, in dem mein Mann in seinem Dogcart um die erste Ecke gebogen war, verschwanden wir schleunigst in der entgegengesetzten Richtung und rannten, vor lauter Eifer, außer Sicht und Reichweite der Dienstboten zu gelangen, so schnell wir nur konnten davon.

Es schien mir nach meiner Beobachtung, daß diese Dienstboten ein offensichtlich unersättliches Verlangen danach hatten, Befehle zu erhalten. Solange ich im Hause war, folgten sie mir mit unverständlichen Fragen überallhin. Ich hatte große Lust, ihnen zu befehlen, sich zu kuschen. Ich fühlte, daß wir, wenn sie sich nur bei diesem Zauberwort stumm niederlegen und ausstrecken würden, alle ein groß Teil glücklicher wären. Sie hätten tatsächlich eine Menge von Cornelia lernen können. Ich glaube zum Beispiel, daß ich Wachs in ihren Händen gewesen wäre, wenn sie, anstatt mir mit bekümmerten Gesichtern aufzulauern, einfach »schöngemacht« hätten.

Da war eine dicke kleine Angestellte, die »kalte Mamsell« genannt, die ausschließlich für Würste und Sauerkraut und alle jene kalten Sachen zu sorgen hatte, welche in einer eigens dafür bestimmten Vorratskammer für den Wintergebrauch aufgehoben wurden, und die unwiderstehlich gewesen sein würde, wenn sie »schöngemacht« hätte, dachte ich, als ich, unmittelbar gefolgt von Cornelia, durch die nächste Tür entwischte. Warum tat sie es nicht? Wenn sie es getan hätte, würde ich ihr, von diesem Anblick überwältigt, sogar einen Befehl erteilt haben. Aber immerhin, würde ich hinzugefügt haben, um das Schuldbewußtsein einer sich ihrer Pflicht entziehenden und davonschleichenden Hausfrau loszuwerden, konnte man es von mir, die ich bisher in meinem ganzen Leben nur Befehle erhalten hatte, wirklich nicht erwarten, daß ich mich plötzlich umstellen sollte und welche geben. So etwas geht nicht so schnell; das braucht seine Zeit. Noch vor sechs Monaten hatte meine Mademoiselle mich eine »petite sotte« genannt und mir befohlen, sofort hinaufzugehen und mich zu waschen. Wie konnte ein Mensch, der daran gewöhnt war, plötzlich eine hoheitsvolle Miene aufsetzen und Leuten, die fraglos doppelt so alt waren wie er, Aufträge erteilen?

Überzeugt, daß dieser betreffende Mensch es jedenfalls nicht konnte, flüchtete ich mich ins Freie; und einmal draußen und in Sicherheit, wie glücklich waren Cornelia und ich! Wir sprangen über die Felder, die uns mit Vorwürfen verschonten, lachend und schwatzend – ich schwöre, daß auch sie lachte und sprach – bis in den Schutz des nächsten Waldes. Die ganze Welt lag vor uns, und meine Taschen waren für unser beider Frühstück mit Keks und Knochen vollgestopft. Was konnten wir uns Besseres wünschen? Nichts kümmerte sich hier draußen darum, was wir taten. Niemand erwartete Befehle von mir. Der Märzwind, der meinen Rock nach allen Seiten aufblähte und Cornelias Ohren nach hinten blies, kümmerte sich keinen Pfifferling darum, daß ich eine pflichtvergessene Hausfrau war. Die Wälder, jene hellen, lichten Birkenwälder, die von keinem wuchernden Unterholz verdunkelt wurden, bewillkommneten uns mit ihrer Schönheit, als ob ich ihrer ebenso würdig sei wie irgend jemand sonst. Es war eine blasse Schönheit, die sich uns in einer blassen Sonne darbot, die zarte Schönheit des sterbenden Winters, mit seinen kahlen Zweigen, in denen nur Misteln hingen. Doch unter den Zweigen waren schon die ersten Anzeichen des Frühlings sichtbar, denn inmitten der verwelkten Blätter vom Vorjahre begannen gleich kleinen Wasserlachen, Tümpeln, Bächen und an einigen Stellen in wahren Seen, die Leberblümchen den Boden mit ihrem himmlischen Blau zu bedecken.

Ich pflegte in großer Zufriedenheit auf einem Baumstumpf zu sitzen, an meinen Keks zu knabbern und auf alle diese Dinge zu schauen, während Cornelia, ebenfalls äußerst zufrieden, wenn auch aus anderen Gründen, sich damit beschäftigte, Löcher zu buddeln und ihre Frühstücksknochen zu vergraben; und ich erinnere mich, daß ich mich oft fragte, ob wohl irgendein menschliches Wesen glücklicher sein könne, als ich es damals war. Das Glück schien mir in jenen Augenblicken wirklich hold zu sein. Die Sonne wärmte mich, der Frühling war im Anzuge, ich hatte einen freundlichen, nachsichtigen Mann, der fast immer irgendwo anders zu tun hatte, und dort draußen war keine einzige Seele zu sehen außer einem Hund.

Ich wünschte mir vom Leben nichts Besseres. Ich wünsche mir noch immer nichts Besseres vom Leben. Es klingt vielleicht seltsam, wenn ich es sage – denn sicherlich ist es seltsam, seine Ansprüche während des Übergangs von der Jugend zur Reife nicht gesteigert zu haben! –, aber genau dies alles: etwas Sonne auf meinem Gesicht, das Bewußtsein des nahenden Frühlings und niemand in Sehweite außer einem Hund, genügt noch immer, um mich mit höchstem Glücksgefühl zu erfüllen. Wie angenehm – und wie billig!

An den Nachmittagen, nachdem wir wesentlich langsamer ins Haus zurückgekehrt waren, als wir es verlassen hatten, fuhren Cornelia und ich aus. Wir fuhren geradeaus in einem offenen Korbwagen mit roten Rädern, der der Viersitzer genannt und von einem Paar stämmiger, dickfelliger Pferde gezogen wurde, die wie gewöhnliche Karrengäule aussahen. Er wurde von dem alten Kutscher der Familie gelenkt, der im Winter mit seinen vielen Tuchhüllen einem Federwischer glich. In zahlreiche gefältelte und abstehende Capes eingemummelt, saß er vor mir auf dem Bock, und oben ragte, als Krönung des Ganzen, sein altmodischer, aber immer noch eindrucksvoller, mit einer Kokarde geschmückter Zylinderhut hervor.

Ich hatte ihn von Anfang an in mein Herz geschlossen. Er war einer der freundlichsten und liebenswertesten Menschen, die ich kannte, voll unerschöpflicher Geduld mit dem jungen Ding, das ihm, wie meinen Tanten Carla und Jessie, oft als ein merkwürdiges kleines Geschöpf erschienen sein muß, und sein Name war Johann.

>>Johann, Johann,
Du süßer Mann!<<

pflegte ich vor mich hin zu summen, als ich schon so weit gediehen war, deutsche Couplets zu dichten.

>>Frau Gräfin wünschen?<< sagte er dann, während er sich umdrehte und zu mir niederbeugte.

>>Was ist das für ein Vogel?<< fragte ich ihn, um meine Verlegenheit zu verbergen.

»Das«, antwortete er, nachdem er pflichtschuldigst dem fernen Vogelschrei gelauscht hatte – einerlei, ob es nun der Schrei eines Habichts, eines Adlers oder einer Wildgans war –, »das«, antwortete er, entzückt, mir mit einer Auskunft dienen zu können, »ist ein Fink!«

Aber dies trug sich erst viel später zu, als ich bereits genügend Deutsch verstand, um Fragen zu stellen. Wir unternahmen viele Ausfahrten, bevor ich dazu in der Lage war, und die Ausfahrten fanden täglich statt, weil die Pferde bewegt werden mußten. Da sie für meinen persönlichen Gebrauch zur Verfügung gehalten wurden, war es meine Pflicht, gerade mit diesem Paar auszufahren. Ich konnte mich nicht darum drücken, obwohl ich es oft gerne getan hätte, weil sie, wenn ich es selbst nur einen einzigen Nachmittag tat, am nächsten Tag ausschlugen, und der Viersitzer, der aus den siebziger Jahren stammte, aus der Zeit, in der das Ansehen und der Reichtum der Familie ihren Höhepunkt erreicht hatten, konnte nicht mehr viel aushalten, und darum schwebten er, Cornelia, Johann und ich bei solchen Gelegenheiten in Lebensgefahr.

Das war eine Lektion, die ich sehr rasch lernte, und gehorsam fuhr ich jeden Tag hinaus, ob ich nun wollte oder nicht. Überall an dem Geschirr befanden sich abgewetzte silberne Kronen, und Johanns Hut und Peitsche waren mit ausgeblichenen Kokarden in den Farben des Familienwappens geschmückt, und in diesem Zustand schäbiger Pracht – auf dem Besitztum meines Mannes gab es alles in Überfluß außer Geld – fuhren wir fort zu tun, was notwendig war, um die Pferde zu beruhigen, indem wir in den nahe gelegenen Wald eindrangen, der

sich an der nördlichen Grenze unseres Grundstücks ent-
langzog.

Dieser Wald war ungeheuer groß. Schier endlos erstreckte er sich nordwärts bis an die Küste, wo die Ostsee
ihm Einhalt gebot. Wir hatten ihn ganz für uns allein.
Unbemerkt, außer von den Vögeln, die Johann alle für
Finken hielt, fuhren wir auf den Waldwegen dahin, und
kein menschliches Auge bekam die Capes, die Kronen
und die Kokarden zu Gesicht. In jener Vergangenheit,
die mir bei meinem Alter sehr weit zurückzuliegen
schien, waren alle diese Dinge einmal funkelnagelneu
gewesen, in jenen Jahren, als der Ruhm der Familie besonders glorreich erstrahlte; und als die Herrlichkeit
schließlich verblaßte und ein Ende nahm, ließ sie dieses
kuriose Fuhrwerk zurück, das alle Stufen des Verfalls
überdauert hatte, um einzig und allein, wie es schien, zu
guter Letzt noch ein kleines fremdes Mädchen und einen
einheimischen Hund spazierenzufahren. Selbst die Capes von Johann waren seit den siebziger Jahren nicht er-
neuert worden; und da ich hinter ihm saß und die Luft
erst durch ihre schwere Falten strich, ehe sie mich erreichte, konnte ich den Kampfer riechen, der diese alter-
tümlichen Umhänge während unzähliger Sommer vor
Motten geschützt hatte. Die Zeiten waren vorbei, als die
Anschaffung neuer Capes in jedem Winter noch eine
Selbstverständlichkeit war. Sie hatten den schlimmen
Zeiten des Ausbesserns und Anstückens Platz gemacht.
Wenigstens schien mein Mann die gegenwärtige Zeit für
schlimm zu halten. Aber das kam daher, daß er in der
unglücklichen Lage war, eine Vergangenheit zu haben,
mit der er sie vergleichen konnte. Ich, die ich noch so gut

wie gar keine Vergangenheit hatte und deren Familie niemals einen Niedergang erlebt hatte, aus dem einfachen Grunde, weil sie niemals auf einen solchen glorreichen Höhepunkt gelangt war, von dem sie hätte herabsinken können, fand die Gegenwart in jeder Beziehung herrlich; und eigentlich mochte ich Kampfer ganz gern.

Wenn wir so weit in den Wald eingedrungen waren, daß wir sämtliche Gutsgebäude aus den Augen verloren hatten, pflegten Cornelia und ich auszusteigen und spazierenzugehen. Sie trottete dann gemächlich neben mir her, auf ihren komischen kleinen, nach außen gedrehten Pfoten, die in dem tiefen Sand keinerlei Geräusch verursachten, während der Wagen uns in einer respektvollen Entfernung folgte – denn in Pommern war alles respektvoll, sogar die Entfernungen. Diese Unmenge Respekt, die von morgens bis abends an mich, die ich kürzlich noch eine »petite sotte« gewesen war, verschwendet wurde, machte mich nur verlegen.

Wir gingen immer nordwärts, aber so weit wir auch liefen, gelangten wir doch niemals dahin, wo die Bäume aufhörten und das Meer begann, noch begegneten wir jemals einem menschlichen Wesen, weil es, wie ich bald erfuhr, dort gar keine gab, denen wir hätten begegnen können. Nicht im Wald. Jedenfalls nicht näher als elf Meilen nach Nordosten zu, wo der Oberförster wohnte.

Wie wundervoll erschien mir diese Geborgenheit des Waldes, diese bezaubernde Einsamkeit, in der man sich unbeobachtet und ungesehen wußte! Und nicht nur der Wald war menschenleer, sondern auch die andere Seite mit ihren freien Ebenen und wogenden Roggenfeldern bis auf unseren nächsten Nachbarn, der zehn Meilen entfernt und nur auf beinahe unpassierbaren Feldwegen zu erreichen war – das heißt, den einzigen Nachbarn, der unserem Stande angehörte, denn er war ein Herr »Hochgeboren«. Es gab zwar bedeutend näher noch andere Nachbarn, manche sogar nur zwei Meilen entfernt, die viel leichter erreichbar waren, da sie unmittelbar an der Landstraße wohnten, aber das war kein passender Verkehr für uns, weil sie nur »wohlgeboren« waren. Für gesellschaftlichen Umgang kamen »Wohlgeborene« für uns überhaupt nicht in Frage. Wenn die »Hochgeborenen« ihnen in der Eisenbahn oder auf anderen, der Allgemeinheit zugänglichen Orten begegneten, grüßten sie sie zwar selbstverständlich höflich, mit einer geradezu niederschmetternden Höflichkeit, aber sie luden sie niemals zum Essen ein. Und da ich selbst eine »Hochgeborene« geworden war, ohne sonderliches Verschulden meinerseits, erfuhr ich, daß es zu meinen wesentlichsten Pflichten gehörte, diesen Höflichkeitstrick zu lernen und anzuwenden und dabei sorgfältig darauf zu achten, daß ich mich nicht zu einer übertriebenen Wärme hinreißen ließ, wie sie etwa in einer Einladung zum Essen zum Ausdruck gekommen wäre.

Es war sehr schwierig. Ich benötigte Jahre dazu – viel länger, als ich brauchte, um Deutsch zu lernen. Und als ich es einmal gelernt hatte, fand ich es ebenso schwierig, wieder umzulernen. Himmel, wie fest es saß! Denn als ich, nachdem ich Witwe geworden war, wieder in England lebte, setzte ich noch eine ganze Weile meine Freunde durch meine außergewöhnliche Höflichkeit in Erstaunen, mit der ich sie zum Beispiel aufforderte, doch

Platz zu nehmen, während sie sich schon längst gesetzt hatten.

Damals, als ich mir schließlich klarzuwerden begann, wie tief ich bereits in dem Netz der Anstandsregeln verstrickt war, wurde ich mir zum erstenmal der herrlichen Freiheit der Hunde bewußt. Ich hatte Bildad geliebt, und ich liebte Cornelia, von ganzem Herzen, aber nun beneidete ich sie auch. Niemand erwartete etwas von Hunden. Wenn sie auch manchmal etwas taten, was sich vielleicht unserer Ansicht nach nicht schickte, so wurde es der Tatsache, daß sie Hunde waren, gutgeschrieben, und niemand dachte mehr daran. Seht sie doch nur des Morgens, pflegte ich zu mir selbst zu sagen, mit einem neidischen Blick auf Cornelia, – seht sie doch nur aus ihrem Körbchen springen und sich mit einem einzigen Schütteln für den neuen Tag schönmachen, – während ich mich einer langwierigen Morgentoilette unterziehen mußte – Waschen, Haare-Kämmen und Schnüren –, bevor die deutsche Jungfer, deren Gegenwart jede Mogelei unmöglich machte, mich für schön genug erklärte, mich sehen zu lassen. Seht sie doch auch zur Essenszeit, wie schnell sie ihr Futter hinunterschlingen, während ich, feierlich am Tisch sitzend, zu warten hatte, wie hungrig oder gierig ich auch sein mochte, bis Diener in weißen – vielgestopften – Handschuhen und mit vielen, mit Kronen verzierten Knöpfen, die genauso verblichen waren wie die Johanns – mir in gehörigen Pausen die Schüsseln reichten. Und seht sie, wie beneidenswert sie sind, wenn sie etwas ausgefressen haben und sofort Verzeihung erlangen, indem sie sich einfach auf ihre Hinterbeine setzen und betteln oder beschwörend mit dem Schwanz wedeln.

Wenn ich das doch auch tun könnte, seufzte ich jedesmal, wenn ich auf eine rätselhafte Weise, ohne die geringste Ahnung, wieso und wodurch, die Frau Direktor oder Frau Inspektor oder die Frau Tierarzt verletzt hatte, oder irgendeine andere der zahlreichen Frauen, die die Gegend unsicher machten. Als ich endlich eingesehen hatte, daß mir nichts anderes übrigblieb, als mich der Vorschrift entsprechend zu benehmen, wenn ich nicht Schande über alle Hochgeborenen bringen und aus Pommern ausgewiesen werden wollte, wurde ich so ängstlich, daß ich mich gern stundenlang bettelnd aufgesetzt haben würde, wenn das irgend jemanden besänftigt hätte.

Doch als ich endlich die Lektion so gut auswendig gelernt hatte, daß die honigsüße Liebenswürdigkeit meiner Umgangsformen glaubwürdig erschien, und ich ein verständliches Deutsch sprach, war ich in der Lage, mich auch in den weitschweifigsten und kompliziertesten Höflichkeitsflosken zurechtzufinden und meine Verben an die richtige Stelle ans Ende zu setzen, wie es auch die anderen Damen nicht besser fertigbrachten.

Zur selben Zeit, als ich mein erstes Kind bekam, wurde auch Cornelia Mutter; aber während ich nur eines hatte, konnte sie deren sechs aufweisen. Wenn man dieses halbe Dutzend so ansah, war man versucht zu glauben, daß ihr Wochenbett sechsmal so lange gedauert hätte wie das meine. Keineswegs! Sie stand sofort auf und lief nach einer Woche wieder so munter herum wie nur je, während ich die Wochen nicht zählen möchte, die vergingen, ehe ich mich nur einigermaßen erholte, von einem

Muntersein ganz zu schweigen. Ich glaube, daß ich niemals wieder so munter wurde wie früher. Cornelia hatte ihren Spießgesellen ein für allemal verloren. Wenn sie gerne herumstrolchen wollte – und sie verspürte sehr bald Lust dazu –, mußte sie es allein tun. Ich blieb zu Hause und beugte mich in mütterlicher Verzückung über die Wiege. Was Cornelia anbetraf, so war ich für sie unwiderruflich hinter einem ständig wachsenden Häufchen von Kindern verschwunden. Selbst ihre Jungen interessierten mich nicht, so sehr war ich mit meinen eigenen Kleinen beschäftigt, die sich jahraus jahrein bei mir einstellten. Wirklich, meine Zeit war derart von diesen sich häufenden Ereignissen in Anspruch genommen, von dieser Brut erstaunlich kleiner neuer Erdenwesen, daß ich Cornelia völlig darüber vergaß. Die Tür zu dem Winkel meines Herzens, der ihr gehört hatte, war zugefallen. Und als sie sich wieder auftat, zu einer Zeit, als die Kinder älter geworden waren und ich mehr Muße hatte, an anderes zu denken, und ich plötzlich aufgeschreckt fragte: »Aber was ist denn aus Cornelia geworden?«, war sie tot.

Das tat mir leid, so leid, und ich schämte mich. Es ist sehr beschämend, sich bewußt zu werden, wie selbstsüchtig, wie gleichgültig gegen jene, die einst unsere Freunde waren, uns das völlige Aufgehen im Familienleben machen kann! Cornelia hatte etwas Besseres von mir verdient, als ausgeschlossen, vernachlässigt und vergessen zu werden. Ein ganzes Jahr lang war sie mir so nahe und eine ergebene Gefährtin gewesen, die mich an allen ihren Freuden teilnehmen ließ und der ich fast alle meine glücklichsten Stunden verdankte. War es recht gehandelt, daß ich sie sofort aus meinem Leben strich, als ich etwas anderes zum Liebhaben bekam? Ich hätte sie wenigstens manchmal auf einen Spaziergang mitnehmen sollen oder sie zur Teezeit zu mir holen und ihre seidigen Ohren streicheln; aber: »Hunde«, hatte mein Mann kurz nach der Geburt unseres ersten Kindes geäußert, indem er wieder einen neuen Aphorismus prägte, als Cornelia ihre lebenden Wollknäule im Stich ließ und heraufkam, um mich zu besuchen, »Hunde sind sehr gefährlich für kleine Kinder!« Und da ich zu unwissend war, um seine Behauptungen zu überprüfen, und es leichter fand, ihnen zu glauben, als ihnen auf den Grund zu gehen, ließ ich Cornelia wegscheuchen – und das war der Anfang von ihrem Ende.

Ingraban

Man sollte es zum Prinzip erheben, daß niemand einen Hund halten sollte, der nicht nur nicht darauf vorbereitet ist, für ihn zu sorgen, sondern auch, ihn zu lieben. Man kann sich nicht selbst um ihn kümmern und ihn so lieben, wie er es verdiente, geliebt zu werden, wenn man für einen Haufen kleiner Kinder zu sorgen hat, die alle Liebe und alle Zeit für sich beanspruchen.

Es war daher nicht auf die Behauptung meines Mannes zurückzuführen, daß ich während der nächsten Jahre keinen Hund besaß – denn als ich darüber nachdachte und die große Anzahl gesunder Kinder und ebenso viele Hunde in den umliegenden Dörfern bemerkte, glaubte ich nicht mehr an diese Theorie –, sondern es war lediglich Mangel an Zeit, daß zehn Jahre vergingen, ehe Cornelia in Ingraban einen Nachfolger bekam. Als auch das jüngste von dem ersten Schub meiner Kinder ein kleiner Abc-Schütze geworden war und der nächste Schub sich noch nicht blicken ließ, begannen meine Gedanken sich wieder mit Hunden zu beschäftigen.

Ich sehnte mich nach einem Gefährten. Mein Mann ging immer noch unmittelbar nach dem Frühstück fort, um seine entlegeneren Güter aufzusuchen, und die Vormittage – wenn ich meinen inzwischen übernommenen Pflichten, wie Würste abwiegen und Wäsche zählen, genügt hatte – waren lang. Ich brauchte jemanden, der spazierengeführt werden mußte und mir somit einen Vorwand gab, selbst in den Wald laufen zu können; und da ich jung war – ich benötigte eine schrecklich lange Zeit, um älter zu werden –, durfte der Gefährte kein netter junger Mann sein, wie ich vielleicht gewünscht hätte, weil das die Frau Direktor, die Frau Inspektor und die Frau Tierarzt zu sehr aufgeregt haben würde, sondern es mußte jemand sein, der über jede Verleumdung erhaben war.

Niemand ist über Verleumdung so völlig erhaben wie Hunde. Darin scheinen sie wirklich eine Ausnahme zu bilden und einen Vorzug zu besitzen, der gar nicht hoch genug eingeschätzt werden kann. Ingraban und ich konnten ganze Tage zusammen verbringen, und des Nachts konnte er auf der Matte vor meinem Bett schlafen, ohne daß irgend jemand ein Wort darüber verlor. Er war eine dänische Dogge, ein riesiges, schönes, isabellenfarbenes Tier. Ich bekam ihn von einem Züchter in der nächsten großen Stadt, und er stammte von einem

Elternpaar ab, dessen sämtliche Nachkommen einen Namen erhielten, der mit I anfing. Zweihundert Mark hatte er gekostet, und ich brachte ihn, am Halsband gefaßt, halb triumphierend, halb ängstlich, im Viersitzer nach Hause.

»Die kleine Frau und der große Hund!« bemerkte mein Mann gutmütig, aber abwesend, weil er an seinen Roggen dachte, als er uns das erstemal zusammen sah.

Mit Ingraban, der stolz neben mir hertrottete, konnte ich überall hingehen, weit fort und in einsame Gegenden. Er war ebensosehr mein Beschützer wie mein Freund. Seitdem er in mein Leben getreten war, hatten Landstreicher keine Schrecken mehr für mich. Ich verlor jene Ängste, die vermutlich die meisten Frauen auf einsamen Spaziergängen überkommen. Ich lief nicht mehr davon, wenn ich das Geräusch von Schritten zu hören glaubte; ich blieb nicht mehr furchtsam stehen und lauschte mit klopfendem Herzen, wenn sich etwas im Gebüsch bewegte. Ingraban würde schon damit fertig werden. Ingraban war fähig – davon konnte man sich beim ersten Blick überzeugen –, mit allem fertig zu werden. Doch wie gutmütig war er zu mir und den Kindern, wie anhänglich und wie freundlich! Er war überdies, wie ich später feststellte, bei weitem klüger, als dänische Doggen es gewöhnlich sind, so daß ich wirklich sehr glücklich war. Ein vollkommener Hund, dachte ich. Und wenn er an den Nachmittagen während jener Ausfahrten, die ich weiter unternahm, weil die Pferde noch immer bewegt werden mußten, stolz und aufmerksam im Viersitzer neben mir saß, jedoch ohne sich zu rühren und so aufrecht, daß er meinen Kopf überragte und sich fast in gleicher Höhe mit Johanns Mantelkragen befand, dachte ich, wie unendlich überlegen er seinen drei kleinen Artgenossen, Bijou, Bildad und Cornelia, war. Laß mich nur noch große Hunde haben, betete ich im stillen, undankbar, wie man es so oft in der Gegenwart der Vergangenheit gegenüber ist, und ohne zu ahnen, wie dumm große Hunde oft sein können.

Aber bei aller Vollkommenheit besaß er doch einen Fehler: Er konnte kein Wild sehen, ohne unruhig und erregt zu werden. Es gab in den Feldern sehr viel falbes Wild – zierliche, elegante Geschöpfe mit Gesichtern, deren Farbe der des reifenden Roggens glich, aus dem sie nach uns hervorspähten, und Ingraban, der in der Großstadt aufgewachsen war und niemals Rehe oder Hirsche gesehen hatte, fand sie unwiderstehlich.

Das wurde sein Verderben. Vielleicht wäre er davor bewahrt geblieben, wenn sie sich ruhig verhalten hätten, aber kaum sahen sie den Viersitzer auftauchen, sprangen sie unweigerlich davon, und im selben Augenblick stürzte Ingraban, ungeachtet meiner energischen Befehle, ihnen nach.

In jeder anderen Beziehung völlig gehorsam, war er in diesem einen Punkt unverbesserlich. Ich tat alles, was in meiner Macht stand, um ihn davon zu heilen, nicht etwa, weil ich glaubte, das könne sein Verderben werden, sondern weil es mir, als der guten Ehefrau eines Landwirts, sträflich erschien, daß der Roggen zertrampelt wurde. »Animus tuus ego« – dieses Gebot war für uns von höchster Wichtigkeit, für uns, die wir unseren Lebensunterhalt zum größten Teil dem Roggen verdankten; und ich schalt und beschwor ihn und packte ihn an seinem Halsband, mit dem einzigen Erfolg, daß er sich ohne besondere Mühe losriß; und wenn er schließlich zurück-kam, züchtigte ich ihn, wobei ich nur mir selbst scheuß-lich weh tat und ihm überhaupt nicht. Und eines Tages, als er wieder wie ein Blitz davongestürmt war und so weit fort, daß wir ihn nirgends mehr erblicken konnten, hörte ich einen entfernten Schuß, und es war kein Reh, das getötet wurde, sondern Ingraban. Als wir ihn erreichten, lag er tot auf dem Boden, eine blutende Wunde in seiner schönen glatten Flanke.

»Wie konnten Sie – oh, wie konnten Sie nur!« schrie ich außer mir den Förster an, der gleichgültig dastand und sich eine Zigarette anzündete.

»Er wilderte«, war alles, was er ungerührt sagte.

Und warum sollte er auch gerührt sein? Er sah nur ei-nen alten klapperigen Kutscher und eine offensichtlich fremde junge Frau vor sich. Solchen Leuten gegenüber hielt er es nicht für nötig, überflüssige Worte zu machen oder gar seine Hilfe anzubieten. Wenn Johann und ich Persönlichkeiten in Uniform gewesen wären, anstatt un-leugbar nur zwei Zivilpersonen, die unfähig waren, etwas anderes zu tun als zu protestieren – und Johann tat nicht einmal das, da er dazu erzogen war, sich mit gegebenen Tatsachen widerspruchslos abzufinden –, würde er wahr-scheinlich irgendeine Entschuldigung geäußert haben; vielleicht hätte er auch, als wir den armen blutenden Körper in den Viersitzer hoben, bei diesem traurigen Tun mit Hand angelegt.

So aber ging er einfach weg.

Ingrabans Nachfolger hieß Ingulf – ein trauriger Hund,
ein Hund, der während der Dauer seines kurzen Aufenthaltes bei uns auch nicht ein einziges Mal eine heitere
Miene zeigte.

Ich dachte, es läge daran, weil er so groß war. Er war
der größte Hund, den ich jemals gehabt habe; es schien
mir von Anfang an, als sei sein schwerer Körper ihm eine
Last, die ihn bedrückte und die er nur ungern mit sich
schleppte. Weit davon entfernt, ein Jagdhund zu sein,
starrte er mit glanzlosem Auge auf das über die Felder
springende Wild. Ein trauriger, apathischer Hund, der
sich, wann immer er konnte, niederlegte und sich nur
widerwillig erhob.

Ingrabans Tod hatte mich sehr erschüttert, und als
mein Mann das bemerkte, tröstete er mich, und wie es so
geht, kam eins zum anderen, und ehe ich mich's versah,
fand ich mich wieder den Beschwerden einer werdenden
Mutter ausgesetzt. Eine sonderbare Art, dachte ich, während ich mich nach besten Kräften bemühte, die Leiden
zu ertragen und jener dunklen Vorahnungen und Neigungen, mein Testament zu machen, Herr zu werden, die
mich in diesem Zustand immer heimsuchten, – eine sonderbare Art, zu trösten!

Aber nun war es einmal geschehen, und jedenfalls ließ
es mich Ingraban eine Zeitlang vergessen. Doch als alles
vorüber war und ich meine Freiheit wieder zu genießen
begann, als ich wieder ausgehen durfte und schließlich
mit wiederkehrender Lebensfreude auch meine Wande-
rungen wieder aufnahm, wie sehr fehlte er mir da! Wie

einsam und verlassen fühlte ich mich in den Wäldern ohne seine Begleitung und ohne seinen Schutz!

Erst als der zweite Trupp meiner Kinder – falls man zwei schon einen Trupp nennen kann – fest genug auf seinen stämmigen kleinen Beinchen stand und groß genug war, um im Kinderzimmer allerlei Unfug anzurichten, erlaubte ich mir also, daran zu denken, Ingraban einen Nachfolger zu geben. Bis dahin hatte ich wie eine ängstliche Glucke gezögert; doch als aus den Wiegen Gitterbettchen wurden und aus den Gitterbettchen große Betten und die Rangen, die darin schliefen, sich selbständig überall herumtummelten, dachte ich, daß ich mir nun hin und wieder einen Feiertag gönnen könnte, und für solche Feiertage gibt es keinen besseren Gefährten als einen Hund.

Wohl hatte ich drei stramme ältere Kinder, die für ihr Leben gern einen freien Tag mit mir verbracht hätten, aber das kam für die armen Würmer nicht in Frage, weil sie zu jener Zeit unter der Fuchtel von Hauslehrern und Erzieherinnen standen. Den ganzen Vormittag saßen sie im Schulzimmer, von wachsamen Lehreraugen gepeinigt, einerlei, was draußen im Sonnenschein und in der schönen frischen Luft vorging. Während der Nachmittage lernten sie auf Ponys reiten, auch wurden Rackets angeschafft und ihnen das Tennisspiel beigebracht. Bestimmte Stunden waren für den Schwimmunterricht im nahe gelegenen Teich festgesetzt. Zu anderen, ebenfalls regelmäßig eingehaltenen Zeiten wurden ihnen Blumen und Gräser gezeigt, und sie mußten botanisieren. Zwei Hauslehrer, ein deutscher und ein Engländer, und zwei Erzieherinnen, eine Deutsche und eine Französin, hatten die Aufsicht über diese sorgfältig geregelten Beschäftigungen. Die Kinder wurden nach einem Plan erzogen, den mein Mann kurz nach unserer Heirat für die Erziehung seiner Söhne, die dann alle Töchter geworden waren, aufgestellt hatte, und er dachte nicht daran, ihn preiszugeben. Deshalb glaubte er aus der beklagenswerten Tatsache das Beste zu machen, indem er sich selbst einredete, daß dieselben Erziehungsmethoden denselben Erfolg haben würden, ganz gleich, ob es nun Knaben waren oder nicht.

Ich weiß nicht, ob das zutrifft. Bei unsern Kindern traf es jedenfalls nicht zu. Obwohl der häusliche Unterricht genau derselbe war wie der, der den Jungens in den staatlichen Schulen erteilt wurde, und obwohl sie immer, kurz vor Weihnachten, in der benachbarten Kreisstadt einer jährlichen Prüfung unterworfen wurden in der Erwartung, daß sie sie bestünden, hatte diese Methode absolut keinen Erfolg. Jedenfalls nicht die Art Erfolg, die mein Mann und der deutsche Hauslehrer guthießen. Es schien, als ob in unsern drei kleinen Töchtern etwas verwurzelt war, was sich der Aneignung von gewissen Kenntnissen widersetzte und was der Schande eines nicht bestandenen Examens gegenüber völlig gleichgültig blieb.

Zunächst brachte mich das auf, und ich beklagte, daß diese lieben Geschöpfe, die mir eine Quelle von so viel Stolz und Freude waren, sich so gänzlich zu weigern schienen, die Bildungsmöglichkeiten, die ihnen in so reichem Maße geboten wurden, zu nutzen und anzuerkennen. Aber dann war ich dankbar, denn es war damals in Deutschland kein Spaß, als Junge erzogen zu werden, zumal wenn man keiner war, und man erzählte sich furchtbare Geschichten von kleinen Jungens, die sich aufs äußerste angestrengt hatten, das vorschriftsmäßige Wissen zu erwerben, und die, als sie dennoch versagten, Selbstmord begingen. Einer, der Sohn eines entfernten Verwandten, wurde an einem Apfelbaum im Obstgarten seines Vaters erhängt aufgefunden. Ein anderer endete jämmerlich in der Oder. Als mir das zu Ohren kam, klagte ich natürlich nicht mehr, sondern freute mich statt dessen, wenn meine Kinder regelmäßig jedes Jahr auf den untersten Platz kamen oder sitzenblieben.

Ihren Vater jedoch bekümmerte das sehr und ebenso ihren deutschen Hauslehrer, dessen Aufgabe es war, sie dem Ziel zuzuführen, das sie, ihrem Alter entsprechend, hätten erreichen sollen. Ihr Vater war allen Ernstes heftig verärgert, sagte, sie seien dumme Weiber, machte den jeweiligen deutschen Hauslehrer verantwortlich und entließ ihn.

Warum, fragte der englische Hauslehrer – ein junger Mann, der abwechselnd aus Oxford und aus Cambridge für jeweils sechs Monate zu uns kam, um mit den Kindern Prosa und Lyrik in der Sprache ihrer Mutter zu lesen –, warum eigentlich diese Aufregung?

Wozu sollte es gut sein, erkundigte sich die französische Gouvernante, alle diese Examen bestanden zu haben, »lorsque ces pauvres petites feront leurs premières couches?«

Während die deutsche Erzieherin, die sehr liebebedürftig veranlagt war und sich der Reihe nach in jeden deutschen Hauslehrer verliebte, leidenschaftlich für den Verabschiedeten Partei ergriff, ihm wie ein Hund nachlief und gleichsam mit lautem Gebell verkündete, die Schuld läge ausschließlich bei den Kindern, die unverbesserliche Faulpelze wären.

Vielleicht waren sie es – aber ich hielt es für viel besser, ein Faulpelz zu sein, als an einem Apfelbaum oder in einem Fluß zu enden. Und das Benehmen des armen Fräuleins Pöckel, das dem Scheidenden ständig auf den Fersen saß, ließ mich von neuem an einen Hund denken, und wie schön es wäre, wenn auch mir solch ein anhängliches Wesen nachliefe, allerdings dachte ich nur an ein vierbeiniges. Da meine größeren Kinder, ewig in irgendwelche Pflichten eingespannt, unabkömmlich waren und es voraussichtlich noch Jahre dauerte, bis die kleineren dem Kinderzimmer entwachsen sein würden, kam für mich nur ein Gefährte in Frage, der zu den glücklichen sorglosen Geschöpfen gehörte, die man nicht in eine Schulstube sperren kann. Es konnte eben nur ein Hund sein!

»Wenn man doch etwas hätte, was einen mehr ausfüllte!« platzte ich eines Tages plötzlich beim Abendbrot heraus, das wir Eltern, wie gewöhnlich, zusammen mit den drei älteren Kindern, ihren Hauslehrern und Erzieherinnen einnahmen.

Ich weiß nicht, warum ich nicht einfach sagte, daß ich mir einen Hund wünschte. Mein Ausruf ließ auf alles mögliche schließen, er klang fast nach »unverstandener Frau«, die sich vernachlässigt und zu kurz gekommen fühlt.

Immerhin hatte er bei den Erzieherinnen, die zustimmend aufseufzten, großen Erfolg.

»Ach ja!« flüsterte die Deutsche und starrte den neuen

deutschen Hauslehrer an, der seinerseits auf den Teller niedersah, denn er war ein Kandidat der Theologie und dementsprechend vorsichtig.

»Dieu, que c'est vrai!« murmelte die Französin mit verzücktem Augenaufschlag.

Der englische Lehrer sah mich etwas erstaunt an. Da er bereits fast drei Monate bei uns war, wußte er, daß bei diesen gemeinsamen Mahlzeiten niemand je von seinen persönlichen Gefühlen sprach, geschweige denn damit herausplatzte. Die Eltern hatten sich daran gewöhnt, zweimal am Tage der Reihe nach an jeden einzelnen des »Lehrkörpers«, wie die Lehrer und Erzieherinnen zusammen genannt wurden, ein paar höfliche Gemeinplätze zu richten und manchmal sogar einen kleinen Spaß zu machen, der mit demselben beflissenen Beifall aufgenommen wurde, wie man ihn im Gerichtssaal beobachten kann, wenn sich der Richter zu einem launigen Scherzwort herabläßt. Das heißt, nur der Vater erlaubte sich solche kleinen Späße; die Mutter war durch das Zeremoniell bei diesen Mahlzeiten viel zu sehr befangen, um fröhlich zu sein. Was sich beim Frühstück und beim Nachmittagstee zutrug, wenn die Eltern unter sich waren, das konnte der englische Lehrer natürlich nicht wissen, denn in seiner Gegenwart benahmen sich beide immer tadellos »hochgeboren«.

Und nun diese Entgleisung! Kein Wunder, daß er mich erstaunt ansah und mit ganz neuem Interesse betrachtete. Zudem schien das verständnisinnige Aufseufzen seiner Kolleginnen darauf hinzudeuten, daß die übliche Zurückhaltung durchbrochen war und die gesittete Tafelrunde in jedem Augenblick durch die gelösten weiblichen Gefühle gefährdet werden konnte. Und da er jung und keck war, machte ihm das Spaß.

Aber er hatte nicht mit dem Grafen gerechnet. Dieser geschickte Meister jeder heiklen Situation, in die ihn seine Frau brachte, sagte nämlich, begleitet von einem neuen pflichtschuldigen Gelächter rund um den ganzen Tisch: »Meine liebe kleine Frau, nimm dir doch noch einen von diesen vorzüglichen Eierkuchen – dann wirst du ausgefüllt sein!«

Später in der Bibliothek, als es halb neun Uhr geschlagen hatte und die Erzieherinnen daraufhin aufstanden, ihre Sachen zusammenpackten und, nachdem sie uns untertänigst gute Nacht gewünscht hatten, durch die eine Tür verschwanden, während die Lehrer ebenfalls ihre Gutenacht-Verbeugung machten und durch die andere Tür abmarschierten, sagte mein Mann erwartungsvoll: »Was hast du vorhin eigentlich mit deinem Nichtausgefülltsein gemeint? Möchtest du vielleicht noch ein Kind haben, mein Kleines?«

Und obwohl wir doch schon fünf Kinder hatten, war er, glaube ich, sehr enttäuscht, als ich ihm erklärte, daß ich mir nur einen Hund wünschte.

Am nächsten Tage fuhr ich im Viersitzer wieder zu dem Züchter, von dem ich Ingraban gekauft hatte. Dort verliebte ich mich sofort in Ingulf. Ich glaube, es war seine Größe, die mich so beeindruckte. Da ich selbst wegen meiner Kleinheit oft übersehen wurde, war es nur zu begreiflich, daß mir seine Größe imponierte. Ingulf hatte wirklich etwas Imponierendes. Aus derselben Zucht wie Ingraban stammend, war er noch um die Hälfte größer als sein Vorgänger und sah aus wie ein kleines Pony, und zweifellos sollte er deshalb auch um die Hälfte mehr kosten. Wahrscheinlich, dachte ich, hat man den Preis nach seinen Körpermaßen errechnet – oder belief er sich deshalb so hoch, weil ich meine Begeisterung so offen zeigte? Wie dem auch war – ich kaufte ihn. Zu jener Zeit verdiente ich mir selbst durch das Schreiben kleiner Erzählungen etwas Geld und nahm es mit dem Geldausgeben nicht mehr so genau wie zu Beginn meines Lebens in Pommern, und der fast völlig mit Hund ausgefüllte Viersitzer schwankte triumphierend heimwärts.

Doch sehr bald begannen sich in mir Zweifel zu regen, genauer gesagt, sogar schon auf dieser Heimfahrt. Denn war es nicht etwas sonderbar, daß dieser Hund, der es doch gar nicht gewöhnt war, in einem Wagen zu fahren, in keiner Weise auf den Viersitzer – ja, eigentlich auf überhaupt nichts reagierte? Er war weder erschrocken noch erfreut; er verhielt sich völlig gleichgültig. Schwerfällig saß er unbeweglich neben mir – ein gewaltiger Trauerkloß –, und ich hatte es gar nicht nötig, ihn an seinem Halsband festzuhalten, wie ich es mit aller Kraft bei Ingraban auf unserer ersten Fahrt hatte tun müssen. Es hatte gar keinen Erfolg, ihn zu streicheln und ihm gut zuzureden und ihm die herrlichsten Knochen zum Mittagessen in Aussicht zu stellen. Nichts übte die geringste Wirkung auf ihn aus. Er rührte sich nicht und zeigte keinerlei Interesse; ich glaube, er hörte mir nicht einmal zu. Mit glanzlosen Augen starrte dieser mächtige Hund vor sich hin und gab nicht einmal ein Lebenszeichen von sich, wenn ein Hase unmittelbar vor uns über den Weg sprang; und das erste, was er tat, als wir zu Hause angelangt waren, war, sich niederzulegen.

Es war ganz unnötig, Ingulf zu befehlen, sich zu kuschen; er hatte es stets bereits getan. Ebenso unnötig war es, »pfui« zu ihm zu sagen, denn er war ein äußerst tugendhafter Hund, der durch den Mangel an Wünschen vor jeder Sünde bewahrt blieb. Was für ein Gegensatz zu seinem temperamentvollen Vorgänger! Konnte es möglich sein, daß mein schöner neuer Hund nicht klug war? Oder mußte er nur besser gefüttert werden?

Da ich dem Gedanken, daß er nicht klug sei, keinen Raum geben wollte, fütterte ich ihn besonders gut und reichlich. Auch führte ich ihn eifrig spazieren. Apathisch fraß er, was man ihm vorsetzte, und apathisch folgte er mir, wenn ich ihn ausführte. Aber es war schwierig, ihm richtige Bewegung zu schaffen, weil er so groß war, daß er, selbst wenn ich lief – und ich lief eigentlich immer, aus lauter Besorgtheit um sein Wohlbefinden – nur gemächlich dahinzutrotten brauchte, um gleichen Schritt mit mir zu halten; und wenn ich aus irgendeinem Grunde stehenblieb, sei es, um Atem zu schöpfen, sei es, um mein Schuhband zuzubinden – legte er sich auf der Stelle hin.

Der Tierarzt wurde geholt.

»Offen gesagt, der Hund muß besser gefüttert werden«, verkündete er, nachdem er ihn untersucht hatte.

»Aber das wird er ja«, sagte ich.

»Dann fehlt es ihm sicher an Bewegung.«

»Aber er wird regelmäßig spazierengeführt.«

»Dann leidet er wahrscheinlich an Würmern; ich werde ihm eine Medizin verschreiben.«

Die Medizin kam, wurde eingegeben, und kein einziger Wurm ließ sich blicken. Futter in wachsenden Mengen wurde ihm verabreicht und träge, aber gehorsam gefressen. Wie ein Automat tat Ingulf alles, was man von ihm verlangte: er fraß, trottete spazieren, fraß wieder, und bei jeder nur möglichen Gelegenheit legte er sich sofort nieder.

»Ich weiß nicht, was ich mit ihm machen soll«, gestand ich schließlich ein.

»Armes Kleines«, sagte mein Mann und versuchte, mich zu trösten; aber diesmal wollte ich von Trost nichts hören und entwand mich ihm.

»Vielleicht«, sagte ich ein paar Tage später mit einem trostlosen Blick auf den träge daliegenden Ingulf, »ist es besser, ich bringe ihn zurück.«

»Gewiß«, stimmte mein Mann, der stets dafür war, daß Hunde wieder abgeschafft wurden, mir zu.

»Und tausche ihn um!«

»Nein, nicht umtauschen!«

Aber es dauerte noch eine ganze Weile, bevor ich mich entschließen konnte, mich von Ingulf zu trennen. Ich glaubte immer noch, daß etwas in ihm steckte und ich nur wissen müßte, wie ihm beizukommen war. So ein riesiger Hund mit solch prächtigem Kopf – der konnte doch nicht völlig dumm sein! Gewiß war es mein Fehler, dachte ich, weil ich ihn nicht richtig zu behandeln verstand.

Aber eine innere Stimme sagte mir, daß es mir trotz aller Bemühungen nicht gelingen würde, Ingulf aufzurütteln. An seiner trübsinnigen Gleichgültigkeit änderte sich nichts, die Traurigkeit war ihm angeboren. Und an einem Nachmittage, als wir beide gleich schweigsam und niedergeschlagen waren, fuhren wir zusammen dorthin zurück, wo er hergekommen war.

Der Züchter, der lächelnd auf uns zugekommen war,

hörte auf, zu lächeln, als er bemerkte, um was es sich handelte.

»Ich glaube, er ist schon etwas zu alt«, begann ich, da mir diese Wahrheit allmählich aufdämmerte.

»Alt?«

»Alt«, sagte ich und bemühte mich, seinem plötzlich entrüsteten Blick standzuhalten. Es ist mir in meinem ganzen Leben immer schwergefallen, entrüstete Blicke auszuhalten. Glücklicherweise bin ich bis heute nur sehr wenig in diese Verlegenheit gekommen.

»Alt, sagen Sie?« fragte er wie jemand, der seinen Ohren nicht traute.

»Jawohl, das sagte ich«, gab ich zu, während ich mit der Versuchung kämpfte, seinem Blick auszuweichen.

Er öffnete Ingulfs Rachen und forderte mich auf, seine Zähne zu untersuchen, was ich gehorsam tat, ohne dadurch nur im geringsten klüger zu werden.

Dann forderte er mich auf, seine Muskeln anzufühlen, was ich ebenfalls tat. Doch konnte ich nichts Besonderes daran feststellen.

»Dieser Hund«, erklärte er laut, während er sich straff aufrichtete, »hat erst vor kurzem das Licht der Welt erblickt!«

Sein Blick war so empört, daß es mir unmöglich war, ihm noch weiter ins Gesicht zu sehen. Während ich Ingulf, der auf dem Boden lag, beharrlich betrachtete, brachte ich gerade noch den Mut auf, irgend etwas zu murmeln, daß die Zeit oft so merkwürdig rasch vergehe, wenn man beschäftigt ist, und daß man sich ihrer Wirkung erst bewußt wird, wenn schon viele Jahre dahingegangen sind.

Bei diesen Worten straffte er sich noch mehr, und die Hände auf die Hüften gestützt, glotzte er mich mit einem so fürchterlichen Schweigen an, daß ich auf das Schlimmste gefaßt war und nur, um seiner Antwort zu entgehen, ihm schleunigst den eigentlichen Zweck meines Besuches mitteilte. Ich wolle, sagte ich – da ich nicht das Herz hatte, das Wort tauschen in den Mund zu nehmen – einen anderen Hund kaufen.

Der Erfolg war, daß ich zwei kaufte. Welpen. Sie waren bezaubernd, aber es waren zwei. Zum Steinerweichen, aber eben zwei! Was würde mein Mann dazu sagen? Mit welchen Worten würde er sie wohl begrüßen? Nun, einerlei, dachte ich, während ich das Geld hervorsuchte.

Sie kosteten noch um die Hälfte mehr als Ingulf, weil es zwei waren. Eigentlich, bemerkte der Züchter, sei es nur recht und billig, da ich mit einem Hund gekommen wäre und nun mit zweien wegginge, den doppelten Preis von mir zu verlangen; da ich aber auf dem besten Wege sei, eine gute Kundin zu werden, wolle er sich mir erkenntlich zeigen.

Daraufhin erwiderte ich murmelnd, daß ich ja eigentlich nur einen Hund mitnähme, weil ich Ingulf ja zurückließe, aber das wollte er nicht wahrhaben, und ich fühlte selber, daß man darüber geteilter Meinung sein könne. Indessen war dies nicht der richtige Augenblick, sich darüber zu streiten, denn die Welpen, die so klein wie Lämmer waren, sprangen sofort, nachdem sie im Viersitzer verstaut worden waren, auf der anderen Seite wieder hinaus.

Unsere Heimfahrt zeichnete sich durch eine ununterbrochene Folge von Fluchtversuchen und dem Wiedereinfangen der beiden Wildfänge aus. Verschiedene Male waren die Pferde nahe daran, durchzugehen. Es schien, als ob der Viersitzer von einem ganzen Dutzend kleiner Hunde mit Hunderten von Beinen und Tausenden von aufgeregt wedelnden Schwänzen bevölkert war, die immer wieder von neuem ins Unterholz entwischten. Ich war viel zu sehr beschäftigt, ihnen nachzuspringen und sie atemlos wieder zum Wagen zurückzubringen, als daß ich mir noch über die Art des Empfangs, der uns zuteil werden würde, Gedanken machte.

Der Empfang übertraf alle meine Befürchtungen. Unglücklicherweise kam mein Mann, der von seinem täglichen Inspektionsgang schon zurückgekehrt war, aus dem Haus, um mich zu begrüßen, und bevor der Wagen noch hielt, purzelten die Welpen, die sich ihrer Halsbänder und somit meinem Zugriff entledigt hatten, hinaus und stürzten freudig kläffend auf ihn zu.

Er war entsetzt.

Ivo und Ingo

Die Welpen wurden Ingo und Ivo getauft. Sie stammten aus derselben Zucht wie Ingulf und Ingraban und waren gerade ein halbes Jahr alt, als sie so stürmisch in mein Leben eindrangen.

Sie wuchsen beide zu prächtigen Hunden heran, und als sie aus den Flegeljahren heraus waren, wurde ich sehr stolz auf sie.

Diese dauerten allerdings sehr lange, und ich mußte viel durchmachen, bis sie es gelernt hatten, sich gesitteter zu betragen. In der Zeit, als ich sie kaufte, pflegte ich mich, nachdem ich meinen Haushalt besorgt und meinen mütterlichen und gesellschaftlichen Pflichten genügt hatte, einzuschließen und Geschichten zu schreiben.

Ich schloß mich draußen im Garten in einem unbenutzten Gewächshaus ein, selbstverständlich mit Ingo und Ivo, die mir überallhin folgten. Mit ihnen zog auch die Unruhe in das Gewächshaus, das bisher ein stiller Zufluchtsort gewesen war: feucht, aber ruhig, wie eine geräumige Grabstätte, wo es zwar etwas modrig roch, wo aber noch die Vergangenheit lebendig war, in der längst verstorbene Gärtner dort Blumen zur Freude ihrer ebenfalls dahingegangenen hochgeborenen Herrinnen gezüchtet hatten, in Töpfen, von denen nur mehr Scherben übriggeblieben waren.

In diesen ruhigen, noch nicht durch Ingo und Ivo gestörten Tagen konnte man dort kein anderes Geräusch hören als das Kratzen meiner Feder, denn damals hatte ich nur Ingulf bei mir, der regungslos wie ein Stein auf seiner Matte lag und der, dankbar dafür, daß er weder spazierengehen noch etwas fressen sollte, gar nicht daran dachte, einen Laut von sich zu geben. Folglich herrschte absolute Ruhe, und ich konnte ungestört schreiben. Niemand konnte zu mir hereinsehen, weil die Fensterscheiben im Laufe der Jahre trüb geworden waren, und kein dienstbares Wesen, das mich, von dem Verlangen getrieben, noch weitere Aufträge zu erhalten, vielleicht suchte, konnte wissen, daß ich mich dort befand. Zumal ich nicht befürchten mußte, daß Ingulf, der jede Anstrengung ängstlich vermied, zu knurren anfing, wer auch immer an der verschlossenen Tür klopfen mochte.

Darum brauchte ich, wenn irgendein zufälliger Störenfried sich näherte, nur still sitzen zu bleiben und so zu tun, als ob ich nicht da wäre.

Was für überaus günstige Arbeitsbedingungen! Doch Ingo und Ivo bereiteten ihnen ein Ende. Wohin ich auch während der ersten Woche nach ihrer Ankunft immer ging, welches Versteck ich auch aufsuchte, jedermann wußte genau, wo ich zu finden war. Stets war ich von einem fröhlich kläffenden Gewimmel umgeben, das meinen Aufenthalt verriet. Es war uns unmöglich, verborgen zu bleiben. Der einst so ruhige Winkel, in dem sich das Gewächshaus befand, wurde zum lautesten im ganzen Garten. Bald hörte man aus ihm fast ununterbrochen Kusch- und Pfuirufe. Im Innern meines Schlupfwinkels aber ertönte, während die beiden Missetäter unter den wenigen Einrichtungsgegenständen eine wahre Verheerung anrichteten, entzücktes Gebell, das jedes Arbeiten unmöglich machte.

Allmählich beruhigten wir uns jedoch, obwohl der erste Besuch der Welpen im Gewächshaus eine Katastrophe war. Einige alte Blumentöpfe, die in einer Ecke aufgeschichtet waren und die der träge Ingulf niemals eines Blickes gewürdigt hatte, wurden im Nu umgeworfen, hervorgezerrt und von den kräftigen Welpen in einem Rausch der Zerstörung in Stücke zerschlagen. Die Matte, auf der Ingulf – war er nicht eigentlich doch ein bewundernswerter Hund gewesen? – mit solch ruhiger Würde gelegen hatte, wurde an jedem Ende mit den Zähnen gepackt und in Fetzen zerrissen. Mit einem Kissen, das unglücklicherweise von meinem Stuhl gefallen war, wurde ebenso kurzer Prozeß gemacht. Und als schließlich Ivo im Zustand höchster Begeisterung aufsprang, um mir das verstörte Gesicht abzulecken, warf er den Tisch um – und auf dem Boden lag ein fürchterliches Durcheinander von Fräulein Schmidt und Mr. Anstruther, einer Geschichte, an der ich gerade schrieb, von Tinte und Glassplittern. Selbst ein Shakespeare oder Kipling hätte unter solchen Umständen wohl kaum arbeiten können.

Ich erinnere mich, wie ich niederkniete, um zu sehen, was von Fräulein Schmidt noch zu retten war, und daß ich dabei einen mächtigen Tintenklecks entdeckte und daß nur ihre letzten Bemerkungen, die ich niedergeschrieben hatte, bevor Ivo den Tisch umkippte, noch leserlich waren.

»Ein Sünder –«, hatte sie gesagt und ich geschrieben, »sollte stets freudig sündigen.« Oder: »Das ist ein bedauernswertes Geschöpf, das mit einem traurigen Herzen sündigt.«

Vermutlich hatte ich ihre Ansicht geteilt. War sie nicht mein Sprachrohr? Die Trompete, durch die ich Tag für Tag so eifrig bließ? Aber hier hatte ich nun die ausgelassensten Sünder vor mir, die in einer Ekstase, die von Traurigkeit weit entfernt war, unbekümmert um ihre begangenen Sünden herumhüpften, und ich dachte gar nicht daran, sie zu bewundern, sondern war im Gegenteil so ärgerlich, daß ich mir mit Pfuirufen gar nicht genug tun konnte.

Vielleicht hatte Fräulein Schmidt gar nicht so recht, wie sie glaubte. Vielleicht war sie ein wenig voreilig gewesen, wenn man es genau bedachte. Jedenfalls verlor ich für eine Zeitlang den Glauben an sie und brach die Beziehungen zu ihr ab.

Nach dieser Erfahrung kam ich zu der Überzeugung, daß niemand, der ernsthaft arbeiten will, junge Hunde halten sollte, die einer großen Rasse angehören. Jedenfalls niemand, der von so kleiner Statur ist, wie ich es bin.

Wenn Ingo und Ivo auf den Hinterbeinen standen und mir ihre Pfoten auf die Schultern legten – eine unangenehme Angewohnheit, welche ich ihnen auszutreiben versuchte –, befanden sich ihre Köpfe in gleicher Höhe mit dem meinen, und wie schnell ich auch meinen Kopf zur Seite warf, es gelang mir doch nicht immer, zu verhindern, daß sie mich leckten. Eine andere Unart von ihnen bestand darin, daß sie andauernd mit den Schwänzen wedelten und damit häufig genug alle möglichen Sachen von den Tischen fegten.

Diese beiden Eigenschaften machten ihren Aufenthalt im Hause unmöglich. Aber sie besaßen noch andere Angewohnheiten, die allen jungen Hunden eigen sind und die sie nur mit zunehmendem Alter verloren. Meine Erziehungsversuche blieben so gut wie erfolglos, weil sie, wenn ich auf sie zuging, um sie beim Halsband zu packen, sofort merkten, was ich im Sinn hatte, und schleunigst Reißaus nahmen. Und was die Unsitte anbetraf, in alles und jedes ihre Nasen zu stecken, so gelang es mir ebenfalls trotz aller meiner Bemühungen nicht, sie davon abzubringen.

Deshalb verbrachten sie die Stunden, in denen ich mit meinen häuslichen Pflichten oder mit Essen und Schlafen beschäftigt war, allein im Gewächshaus. Wenn ich dann zu ihnen kam, mußte ich mich, so gut ich konnte, in acht nehmen, um von ihrem stürmischen Empfang nicht umgeworfen zu werden. Doch mit der Zeit gab sich das alles. Allmählich kam ich dahinter, daß das Geheimnis, mit jungen Hunden umzugehen – bisher hatte ich ja nur ausgewachsene Hunde gehabt, und alles muß erst gelernt werden –, darauf beruhte, ihnen ordentlich Bewegung und große Futterrationen zu schaffen. Man muß sie richtig vollstopfen, dann werden sie stundenlang schlafen, jedenfalls taten Ingo und Ivo das, und gottlob gerade so lange, um mir genügend Zeit zu lassen, mich mit Mr. Anstruther zu beschäftigen, gegen den ich schon beinahe eine Art Groll empfunden hatte.

Diese Methode bewährte sich glänzend, und bald lag eine neue Matte im Gewächshaus, auf der sich Ingo und Ivo, ohne ihr den Garaus zu machen, vor Wohlbehagen grunzend niederließen, für die Welt verloren, eine friedlich ruhende Masse, in der bald eine Pfote, bald ein Ohr oder ein Schwanz und zwei mächtig gefüllte Bäuche erkennbar waren – ein Beweis, daß ich das Richtige getroffen hatte. Ich aber nahm meine Beziehungen zu Fräulein Schmidt wieder auf.

Prinz

Mein nächster Hund war ein Engländer; und das kam daher, weil drei Jahre nach Ingos und Ivos Ankunft das Schicksal mich zwang, Pommern zu verlassen. Die Kinder und ich hörten auf, Deutsche zu sein, und übersiedelten nach England.

Ivo wurde zum Pastor gegeben und Ingo zum Oberinspektor. Wir konnten sie wegen des Quarantänegesetzes nicht mitnehmen, aber ich wußte, daß sie gut aufgehoben und ihre neuen Besitzer stolz auf sie waren. Es war auch schwer, nicht stolz auf sie zu sein, da sie sich zu so bildschönen Hunden ausgewachsen hatten. Vielleicht nicht sehr klug, wenn auch bedeutend klüger als Ingulf, aber doch prächtige, lebhafte und auch zuverlässige Tiere. –

Prinz war ganz anders. Er war ein bösartiger Hund mit heißen, wilden Augen, die mir bei unserer ersten Begrüßung einen Schreck einjagten. Aber da ich ein schweres Herz hatte und mit meinen Gedanken abwesend war, achtete ich nicht weiter darauf, was er zweifellos sofort spürte. Ich dachte zurück an die Vergangenheit, die vor kurzem noch eine glückliche Gegenwart für mich gewesen war. Ich konnte es nicht lassen, rückwärts zu schauen. Es schien mir so unfaßbar, daß ein ganzes geordnetes Dasein mit all seinen Vorschriften und steifen Formen plötzlich ein Ende haben sollte! Ich vermißte alles. Ich war traurig und vereinsamt. Jeder Halt war mir genommen. Statt daß mir, wie bisher, die Verantwortung abgenommen wurde, mußte ich sie nun selbst tragen. Und sind nicht fünf Kinder, von denen das jüngste erst sechs Jahre alt ist, eine sehr große Verantwortung?

Aber da ich keine Autobiographie schreibe, will ich mich kurz fassen. Es genügt, wenn ich erzähle, daß das Leben in Devonshire, nach dem Leben in Pommern, wie auf weichen Filzsohlen dahinglitt, und ich, die ich so lange daran gewöhnt war, von anderen Disziplin zu erwarten, war ziemlich empört, daß der englische Gärtner, als ich zum erstenmal mit ihm sprach, anstatt Haltung anzunehmen und die Hacken zusammenzuschlagen, sich zwanglos auf seinen Spaten lehnte.

Man stelle sich uns vor, wie wir, ein kleines Häuflein Pommern, im persönlichen Umgang an gewisse steife Formen gewöhnt und an ein Klima mit rauhen Winden, die viel losen Sand aufwirbeln, und überhaupt nicht verzärtelt – man stelle sich uns vor, wie wir, alle in Trauerkleidern, von einem schwarzen, mißtrauisch schniefenden Hund begrüßt, in Devonshire ankamen, wo die Luft so schwer und weich und das Leben so bequem ist. Obwohl wir uns durchaus nicht glücklich fühlten, wurden wir dort alle sehr schnell dick, infolge der vielen Geselligkeiten und der Mengen Schlagsahne, die es dort gab. Nach Jahren, in denen ich fast gar keine Einladungen erhielt aus Mangel an hochgeborenen Nachbarn, mit denen wir hätten verkehren können, fand ich mich auf einmal zahlreiche Teegesellschaften geben und besuchen; und bei diesen setzte ich anfangs meine Gäste durch meine junkerlichen Allüren in Erstaunen, die ich mir während langer Jahre im Verkehr mit der Frau Direktor, der Frau Inspektor und der Frau Tierarzt angeeignet hatte und mit denen ich sie huldvoll aufforderte, doch Platz zu nehmen.

Prinz sah sich das alles mit seinen unheimlichen Augen an. Während die Kinder – ihre deutschen Lehrer waren für immer von uns geschieden – tagsüber in der Schule waren und ich Besuche machte, war es sein Amt, mich zu begleiten, was er mißtrauisch und bedächtig tat. Unglücklicherweise konnten er und ich uns immer weniger leiden. Schwarz wie der Teufel, mit einem dichtgelockten Fell, das wie Astrachan aussah, hatte er einen ganz glatten Kopf, was ihn, den Kopf, unverhältnismäßig klein erscheinen ließ. Sein Körper fiel nach dem Kopf zu schräg ab, was ihm ein finsteres, verschlagenes Aussehen gab. Er war fünf Jahre alt, viel zu alt für mich, um etwas Richtiges mit ihm anfangen zu können, ganz davon abgesehen, daß ich jedesmal, wenn ich seinem bösen Blick begegnete, abgeschreckt wurde. Hunde spüren das sofort. Man braucht es gar nicht zu zeigen, man braucht es nur innerlich zu empfinden; sie merken es trotzdem. In dem Verhältnis zwischen Mensch und Hund gibt es entweder unbedingte Zuneigung und Vertrauen oder gar nichts; und was Prinz anbetraf, wurde mir sehr schnell klar, daß es zwischen uns nie etwas werden würde.

Da ich aber nun einmal daran gewöhnt war, einen Hund neben mir zu haben, nahm ich ihn nichtsdestoweniger mit, als ich die unzähligen Besuche zu erwidern begann, und ließ ihn im Ponywagen zurück, während ich mich in den verschiedenen Häusern aufhielt. Ich fuhr jetzt nämlich in einem Ponywagen, und in meinen Kleidern nach der deutschen Mode mag ich damals ausgesehen haben wie ein Jugendbildnis der Königin Viktoria. Wenn ich mich dann verabschiedete, pflegten die mich hinausbegleitenden Herren, meist pensionierte Stabsoffiziere, Prinz zu streicheln und ihn einen guten Hund zu nennen.

Aber Prinz war kein guter Hund und gab das auch sofort zu erkennen, woraufhin die Stabsoffiziere ebenso zurückschreckten, wie ich es immer tat, und mich ernsthaft fragten, wo ich denn den aufgegabelt hätte?

Ich hatte ihn nicht aufgegabelt; er gehörte zum Hause und wurde von mir mit übernommen, als ich es kaufte, erklärte ich.

»Ich würde mich vor diesem Hund in acht nehmen«, rieten mir die Herren, die so weit zurückgetreten waren, wie es die Höflichkeit noch gerade erlaubte.

»Eigentlich soll er ja auf mich achtgeben«, erwiderte ich.

»Ich an Ihrer Stelle würde mich doch vor ihm hüten«, war die Antwort.

Aber das tat ich bereits. Wir wurden einander immer überdrüssiger. Seine Feindseligkeit reizte mich, mich, die ich immer mit meinen Hunden so gut Freund gewesen war. Ich konnte seinen Blick nicht ertragen; sein schmales Gesicht und seine engstehenden Augen waren mir zuwider. Ich mochte schwarze Hunde überhaupt nicht leiden und mag sie auch heute noch nicht, weil man tagsüber nicht sehen kann, was in ihrem Innern vorgeht, und weil sie sich des Nachts, wenn man sie vor dem Schlafengehen noch einmal hinausläßt, durch nichts von der Dunkelheit unterscheiden. Wenn man es auch sonst gut mit seinen Hunden meint und sie des Abends selbst zum letztenmal hinausläßt, wird doch niemand ein Vergnügen daran finden, in die Nacht hinauszustarren und auf einen so unsympathischen Hund wie Prinz zu warten, mit dem man sich durch keinerlei Neigung, ja eigentlich auch kein Pflichtgefühl verbunden weiß und der stets erst nach geraumer Zeit wieder erschien. Des Pfeifens müde und ganz feucht von dem lauwarmen Devonshirer Rieselregen, pflegte ich an der Gartentür zu stehen, strengte vergeblich meine Augen an und wünschte mir nichts sehnlicher, als zu Bett zu gehen. Wie leicht war es, meine hellfarbigen dänischen Doggen, wenn sie einmal herumstrolchten – was selten vorkam – zu suchen! Aber wo sollte ich in dieser Finsternis Prinz wiederfinden, der selbst so schwarz war wie die Nacht, die ihn verschlungen hatte?

Während dieser Minuten, in denen ich vor der Haustür wartend in die feuchte Dunkelheit hinausstarrte, wuchs meine Traurigkeit so sehr, daß ich den Verlust alles dessen, was mir lieb und teuer war, noch stärker empfand und mich die Niedergeschlagenheit, die uns hier alle befallen hatte – die Kinder und mein deutsches Mädchen ebenso wie mich –, noch mehr bedrückte – eine Traurigkeit, die selbst in den Mauern des einsamen Hauses zu stecken schien und auf den nassen, flachen, grünen Feldern lagerte.

Vielleicht war es ein Haus, in dem unglückliche Menschen gelebt hatten. Wenn dem so war, schienen wir ihr Schicksal mit übernommen zu haben. Und jeden Nachmittag bekamen wir Gäste, die in ihren Regenmänteln plötzlich gespenstisch aus dem Nebel auftauchten, der uns in diesem Herbst ständig umgab.

Aber der Herbst währt nicht ewig, ebensowenig – aber das sollte ich erst später erfahren – die Witwenschaft. Auch Hunde kommen und gehen, und ehe man sich's gewahr wird, gehört alles, was eben noch Gegenwart war, der Vergangenheit an. Wenn es nicht so wäre, wüßte ich nicht, was wir tun sollten, weil sich sonst alles zu sehr auf einen Zeitpunkt zusammendrängen würde.

So nahm also auch unser Leben in Devonshire ein Ende, und komischerweise war Prinz der Anlaß dazu. Dieser Hund, mit dem ich mich niemals befreunden konnte, war die eigentliche Ursache, daß wir von diesem trägen und entnervenden Dasein zu neuer Lebenskraft und dem beglückenden Bewußtsein zurückfanden, daß das Leben noch so viel schöne Möglichkeiten bot. Prinz selbst konnte allerdings nicht mehr daran teilnehmen. Er hatte angefangen, Schafe zu jagen, und die letzte Auswirkung davon war, daß wir uns von den ewig in Nebelschwaden gehüllten grünen Hügeln Devonshires trennten und hinaufstiegen in die herbe und klare Einsamkeit der Schweizer Berge.

Solange keine Schafe da waren, konnten sie natürlich nicht gejagt werden. Aber eines Tages, nach dem vorschriftsmäßigen Trauerjahr und weiteren sechs Monaten, während der, um dem üblichen Gebrauch Genüge zu tun, die schwarzen Kleider allmählich mit grauen und blassen mauvefarbenen vertauscht wurden, begann sich die untätige Schlaffheit, die sich meiner bemächtigt hatte, zu verlieren, und als ich aus meinem Schlafzimmerfenster sah und die sonst so kahlen, jetzt im Mai aber mit lauter gelben Butterblumen übersäten Felder erblickte, empfand ich ein ganz neues Lebensgefühl.

Warum soll ich eigentlich nicht, dachte ich, von plötzlichem Unternehmungsgeist erfüllt, dies alles einem Bauern verpachten und damit etwas Geld verdienen?

Gedacht, getan; der Bauer legte sich eine Schafzucht an; Prinz jagte die Tiere, und eine qualvolle Zeit begann mit Ärger und Drohungen auf der einen Seite und Schuldbewußtsein und Entschuldigungen auf der andern. Aber alle Entschuldigungen waren auf die Dauer zwecklos, denn dieser teuflische Hund jagte die Schafe nicht nur, sondern zerriß sie auch, und es wurde mir klar, daß die Angelegenheit sich zu einem Gerichtsverfahren auswachsen würde.

Nun haben alle Menschen, die längere Zeit in Deutschland gelebt haben, und vor allem natürlich gebürtige Deutsche eine unsagbare Angst vor allem, was mit dem Gericht zu tun hat. Sie sind von der Idee besessen, sich nur ja nicht strafbar zu machen und keinen Verdacht auf sich zu lenken, und verkriechen sich, wenn sie sich dem Zugriff des Gesetzes nicht mehr entziehen können, wie es jetzt bei mir der Fall war, am liebsten unter dem Tisch. Folglich begann ich, als ich mich von seinen Klauen erfaßt fühlte, zu zittern, obwohl es sich doch um englisches Recht handelte, das, wie ich dachte, solche Fälle milder beurteilen würde. Die Kinder, als geborene Deutsche, zitterten noch mehr, und mein Mädchen Elsa, die nicht nur in Deutschland gebürtig, sondern auch, wie die meisten ungebildeten Leute, leicht einzuschüchtern war, zitterte am allermeisten.

Das war in der Tat eine reizende Situation, in die ich, eine Witwe und der einzige Schutz meiner fünf vaterlosen Kinder, da hineingeraten war, und das alles wegen eines Hundes, den ich niemals gemocht hatte. Von Anfang an machte ich eine traurige Figur – wie jeder ängstliche Mensch –, aber ich hatte es überdies mit ansehen müssen, wie die Schafe zerrissen wurden, und hatte die Nerven verloren.

Vor den Richter zitiert, fuhr ich fort, eine traurige Rolle zu spielen, denn als ich in ihm einen meiner Teegäste erkannte, war ich unerfahren genug, dies als einen Wink des Himmels zu betrachten, und begann, wesentlich erleichtert und beruhigt, gleich draufloszureden.

Sofort wurde mir das Wort entzogen. Ich glaubte meinen Ohren nicht zu trauen. Unfaßbar, daß ein Mann, der mehrere Male den Tee bei mir genommen hatte, mir Schweigen gebot! Tief beleidigt stand ich da; alles, was noch »hochgeboren« in mir war, bäumte sich in mir auf, während ich ihm zuhörte, wie er mich verdonnerte. Vor einer Woche erst hatte dieser selbe Mann in meinem Wohnzimmer gesessen und sich von mir Kuchen anbieten lassen! Voller Empörung erinnerte ich mich, daß er sich jede Tasse Tee mit drei Stück Zucker versüßt hatte. Nie wieder sollte er von mir ein Stück Kuchen angeboten bekommen – kein einziges Stück von meinem Zucker würde mehr an ihn verschwendet werden! Er hatte die letzte Tasse Tee bei mir getrunken!

Jämmerlich aber wurde meine Rolle erst, als mir der Beschluß mitgeteilt wurde, daß Prinz der Polizei übergeben und erschossen werden sollte. Denn als ich diesen fürchterlichen Richterspruch hörte, stieß ich einen Laut des Entsetzens aus und wurde ohnmächtig. Mitten im Saal und vor allen Leuten – und das trotz der Tatsache, daß ich diesen Hund nie hatte leiden können. Aber nach Hause gehen zu müssen und kaltblütig einen armen Hund von seinem Freßnapf wegreißen, um ihn dem Tode auszuliefern...

Der Richter aber, der so tat, als ob er nichts gehört hätte und als ob nichts Besonderes vorgefallen wäre, sah einfach über mich hinweg und sagte: »Der nächste Fall!«

Coco

Nach dieser Begebenheit hielt mich nichts mehr länger in jenem Hause. Ich hatte mich dort niemals richtig glücklich gefühlt, und die Umstände von Prinz' Ende bestärkten mich nur in der Überzeugung, daß wir alle unbedingt eine Luftveränderung nötig hatten.

Wir reisten ab. Witwen sind bewegliche Geschöpfe und können ihren Wohnort nach Belieben wechseln, was Ehefrauen nicht möglich ist. Es war eigentlich unverantwortlich, daß wir abreisten, denn das Haus gehörte mir noch, und zweifellos würde kein Ehemann seine Einwilligung dazu gegeben haben, ein neues Haus zu bauen – was ich zu tun beabsichtigte –, bevor das alte verkauft war; jedenfalls nicht in unserer Vermögenslage, die ziemlich bedenklich war – zumindest hielten wir sie dafür. Doch dessenungeachtet verließ ich Devonshire, dem Glück vertrauend, daß schon irgend jemand kommen würde und das alte Haus kaufen; sicherlich wären wir nie weggekommen, wenn wir darauf gewartet hätten. So folgten auf schlechte Tage auch wieder gute Zeiten.

Wenn dies eine Autobiographie wäre, würde ich nun schildern, wie sorglos ich zunächst begann, Grundstücke in der Schweiz zu kaufen, die sich nachher als völlig unbrauchbar erwiesen, denn außer ihrer Schönheit gab es da nichts, keine Straßen, kein Wasser, nichts von alledem, was zum Bau eines Hauses notwendig ist; wie ich sie an die früheren Besitzer um die Hälfte des Preises zurückverkaufte, den ich dafür bezahlt hatte; wie ich auf die bloße Empfehlung eines Briefträgers, den ich auf der Straße traf, einen Architekten nahm, und wie ich mich überhaupt so töricht anstellte, wie es nur jemand tun kann, der zum ersten Mal in seinem Leben völlig selbständig geworden und niemandem Rechenschaft schuldig ist. Aber dies ist die Geschichte meiner Hunde. Deshalb will ich nicht näher auf das Auf und Ab jener Tage eingehen, auf den Wechsel von Hoffnung und Niedergeschlagenheit und auf die Freuden und Nöte, die in dem einen Jahr mein Los waren, in dem das Haus gebaut wurde, das uns allen ein so glückliches Heim werden sollte, – sondern von Coco erzählen.

Es war mein nächster Hund. Ein Schweizer. Er stammte aus der Gegend, in der wir uns niedergelassen hatten, und trug einen dicken Pelz, der das kalte Klima dieser Höhenlage für ihn erträglich machte – aus wunderschönem, silbrig gesprenkeltem, braunem Fell –, einen Pelz, um den ihn der verwöhnteste Filmstar beneidet hätte. Eines Tages kam er den Pfad zu uns herauf, um sich bei uns um die Stelle eines Wachhundes zu bewerben – da unser Haus sehr einsam lag und hauptsächlich von weiblichen Wesen bewohnt wurde –, und als ich ihn vom Fenster aus an der Seite des ihn begleitenden Bauern kommen sah, so selbstsicher, so würdevoll, so schön und so groß, lief ich hinaus, um ihn zu begrüßen. Und von diesem Augenblick an bis zu seinem Tode war er *mein* Hund!

Außer den Hunden, die jetzt um mich sind, habe ich keinen so geliebt wie Coco. Sein verrückter Name war das einzig Närrische an ihm. Seine Gesellschaft bedeutete mir genausoviel wie das Zusammensein mit einem ungewöhnlich sympathischen Freunde aus dem Menschengeschlecht, doch bezweifle ich, daß man unter den Menschen einen solchen Freund finden kann, der nicht nur überaus sympathisch, sondern auch so ergeben, so anhänglich und so kritiklos ist, wie Coco es war. Er war ebenso klug und nützlich wie schön. Er konnte Pakete tragen und einen kleinen Wagen ziehen und holte uns jeden Morgen die Milch, ohne einen einzigen Tropfen zu verschütten. Zweimal in der Woche ging er mit unserem Hausdiener den beschwerlichen Weg ins nächste Bergdorf und holte von dort unsere Lebensmittel. Er trug das Paket mit dem rohen Fleisch, das für ihn bestimmt war, selbst im Maul, und es fiel ihm auch nicht im Traume ein, wie hungrig er auch sein mochte, sich daran zu vergreifen. Er schien stets darauf bedacht, durch vollkommenes Betragen zu beweisen, daß er wußte, was er seiner prachtvollen Erscheinung schuldig war. Auch wußte er genau, wie sehr ich ihn liebte – sicherlich war er niemals zuvor so geliebt worden –, und diese Tatsache trug auch zu seinem bescheidenen und verhaltenen Stolz bei.

»Il ne lui manque que la parole«, sagte der Hausdiener, der ihn ebenfalls in sein Herz geschlossen hatte.

Ich begreife nicht, wie jemand, der mit einem klugen und anhänglichen Hund zusammenlebt, sich jemals einsam fühlen kann. Anfangs hatte ich gefürchtet, daß ich, als die Kinder nach den Ferien in die Schule zurückgekehrt waren, mich in diesem abgeschiedenen Erdenwinkel einsam fühlen würde. Dies war das einzige Bedenken, das ich gegen den sonst so weisen Plan, in den Bergen ein Haus zu bauen, einzuwenden hatte. Das Haus war als Ferienaufenthalt für die Kinder gedacht, wohin sie ihre Freunde mitbringen und wo sie im Winter Ski laufen und im Sommer klettern konnten, während ich zwischen diesen glücklichen Ferienwochen in aller Ruhe meine

Bücher schreiben wollte, auf deren Ertrag ich jetzt zur Hauptsache für unseren Lebensunterhalt angewiesen war. So hatte ich mir das ursprünglich vorgestellt. Aber als die ersten Ferien der Kinder zu Ende waren, fragte ich mich im stillen, ob ich das Alleinsein wohl aushalten würde. Als ich an dem dunstigen Septembermorgen die aus dem Zuge flatternden Taschentücher entschwinden sah und mich umwandte, um den dreistündigen, schier endlosen, vielfach gewundenen Weg nach Hause anzutreten, zweifelte ich daran. Nach einem Leben, in dem ich niemals allein gewesen war, nach den vielen Teegesellschaften in Devonshire und den vielen Jahren, die ich in dem dichtbevölkerten Schloß in Pommern zugebracht hatte, von meiner ewigen Mademoiselle und meiner allgegenwärtigen Kinderfrau in früheren Zeiten ganz zu schweigen, – wie, dachte ich, sollte ich mich nach alledem an die Stille und die Eintönigkeit gewöhnen, in der die Tage aufeinanderfolgten ohne eine andere Abwechslung, als sie das Wetter und die Nachspeise mit sich brachten?

Aber ich hatte Coco vergessen. Dort, wo der Weg vom Dorf zur Paßhöhe ansteigt und wo ich immer nochmal für das letzte Stückchen Atem schöpfen mußte, wartete er mit dem Hausdiener auf mich, außer sich vor Freude und bereit, jegliches Paket, das ich vielleicht mitgebracht hatte, zu tragen; und in Begleitung dieses prächtigen Hundes ging ich nun, zufrieden und meiner Zweifel ledig, über die Felder mit den Herbstzeitlosen, durch deren Blütenblätter die sinkende Sonne hindurchschien.

Der Oktober war in jenem Jahr dort oben unbeschreiblich schön. Das gute Wetter hielt sich bis Ende des

Monats. Das Tal unter uns war von wogenden Nebelschleiern bedeckt, auf den leuchtendgrünen Abhängen erblickte man die flammendroten Kirschbäume, und meinem Schlafzimmerfenster gegenüber thronte gleißend und majestätisch das Weißhorn.

Ein friedliches und geregeltes Leben hatte jetzt für mich begonnen mit stillen Morgenstunden, in denen ich ungestört arbeitete – denn man kann nicht gestört werden, wenn niemand da ist außer einem ungewöhnlich wohlerzogenen Hund –, mit Mahlzeiten draußen auf der Terrasse, bei denen ich die ganze Simplonkette vor mir hatte als Abschluß der gewaltigen Berglandschaft, auf die ich zwischen den einzelnen Bissen einen Blick werfen konnte, mit langen Spaziergängen an den Nachmittagen in Cocos Begleitung – »Ein Bär! Ein Bär!« pflegten die Kinder zu rufen, wenn sie uns trafen –, mit Abenden, die ich lesend am brennenden Kamin verbrachte, während Coco auf einer Matte davor lag. Ehe ich ihn zu Bett brachte, machten wir dann noch einen letzten Gang auf die Terrasse, aus dem vom Feuerschein erhellten Raum hinaus in die weite Nacht, diese erregend schöne Nacht mit dem funkelnden Sternenmeer über den schneebedeckten Bergen, zwischen denen unser kleines Haus so nahe dem Himmel eingebettet lag; und weit unter uns flimmerten und tanzten im Tal die Lichter der kleinen Stadt, als schimmerten sie aus der Tiefe eines Sees zu uns heraus.

In dieser erhabenen Natur verweilten wir allnächtlich, ehe Coco und ich uns zur Ruhe begaben, und während Coco ruhig dasaß und mich beobachtete, gab ich mich einige Augenblicke lang innerer Sammlung hin.

Der Diener, seine Frau und die »jeune fille« – wie die beiden das Hausmädchen immer nannten – waren längst schlafen gegangen, und Coco und ich hatten die ganze Welt für uns – so empfanden wir es wenigstens in diesem feierlichen Schweigen und der makellosen Reinheit der Luft.

Herrliche und begnadete Augenblicke, und ich hatte befürchtet, daß ich mich einsam fühlen würde! Einsam? Hier, in dieser völligen Weltabgeschiedenheit, wie ich sie bisher noch nie gekannt hatte, wurde mir bewußt, daß es gerade die Einsamkeit ist, die ich zutiefst liebe, denn wie wäre es sonst möglich gewesen, daß ich diese Wochen als die glücklichsten meines bisherigen Lebens empfand? Ich war schon oft glücklich gewesen, wenn auch nicht ununterbrochen – aber wer ist ununterbrochen glücklich? –, so doch während längerer Zeiträume. Aber dies war eine Art Glücklichsein, wie ich es vorher nicht gekannt hatte, es war »etwas viel tiefer Wurzelndes«, wie Wordsworth es ausdrückte. Niemand kann so wie er gewisse unbeschreibliche Gemütszustände in Worten wiedergeben.

Und nichts änderte sich an meinen Gewohnheiten, bis der erste Schnee fiel. Er kam ganz plötzlich. Das Wetter schlug um, und mit einem Male war der Winter da. Nun werden wir ja sehen, dachte ich, während ich durch die schneeverwehten Fenster das Unwetter draußen betrachtete, nun werden wir ja sehen, ob mir das Alleinsein nicht doch zuviel werden wird.

Aber selbst jetzt, nach einem anfänglichen, durch den ersten Schneesturm hervorgerufenen Unbehagen über unsere völlige Abgeschlossenheit in einem plötzlich dunkel gewordenen Hause, fühlte ich mich wohl. Da war zunächst Coco, der sich so offensichtlich darüber freute, was da draußen vor sich ging. Ihm war es nichts Neues; es war ja gerade das Wetter, für das er seinen schönen dikken Pelz mit auf die Welt bekommen hatte; und da waren der Diener, seine Frau und die »jeune fille«, die ebenfalls daran gewöhnt waren und die vielleicht nicht gerade über die Tage unserer Gefangenschaft jubelten, sie jedoch als eine Selbstverständlichkeit hinnahmen.

»Der Winter ist da!« teilten sie mir mit, für den Fall, daß ich es noch nicht selbst bemerkt hätte, »aber bald«, fügten sie hinzu, »werden wir wieder schönes Wetter haben.«

Wenn ich mich auch für Coco freute, so muß ich indessen doch zugeben, daß mir dieser Tag und Nacht tobende Aufruhr in unserer dunklen Einsamkeit allmählich auf die Nerven ging; und ich muß gestehen, daß manchmal, wenn der Sturm besonders heftig wütete und ich vor dem Feuer hockte und mich fragte, wie lange das Dach diesem Toben der Elemente wohl noch standhalten würde, nur das Bewußtsein von Cocos Nähe – meine Hand auf seinem Kopf und seine Pfote auf meinen Füßen – mir Mut gab. Ohne ihn hätte ich vielleicht dieses Leben keine Woche länger ausgehalten; und darum empfehle ich jenen Menschen beiderlei Geschlechts, aber vor allem den Frauen, die leicht den Mut verlieren, wenn sie lange allein sind, die sich des Abends fürchten, wenn niemand da ist, mit dem sie sprechen können, die nicht gern schweigend zu ihrem einsamen Schlafzimmer hinaufgehen, die voller Zärtlichkeit sind und niemanden haben, an den sie sie verschwenden können, die sich nach

Liebe sehnen und gleichviel aus welchem Grunde keine finden – deshalb möchte ich allen diesen sagen: geht und kauft euch einen Hund! Bei Harrods zum Beispiel werdet ihr eine große Auswahl dieser vierbeinigen Freunde finden, die nur darauf warten, daß man ihnen die Möglichkeit gibt, euch zu erheitern und zu beschützen. Und dabei erwarten sie keinerlei Gegenleistung; was auch immer geschieht, sie werden sich nie beklagen, sie werden niemals grob, noch werden sie sich je eine Kritik erlauben, und welches Leid man ihnen auch zufügt, keines ist zu groß, als daß es nicht von ihnen sofort und freudig verziehen würde. Wirklich, sie sind Heilige! Und frohsinnige Heilige – was ich für sehr wesentlich halte. Und zweifellos sind sie ebenso zahlreich wie die menschlichen Heiligen. Wenn man es mir nicht als Übertreibung auslegen könnte, würde ich sagen, daß sich schwerlich ein vollkommenerer Heiliger finden läßt als ein guter Hund.

Unlängst entdeckte ich zufällig ein kleines Gedicht, das mir großen Spaß machte und dem ich nur aus vollem Herzen zustimmen kann:

Zum Wohle aller guten Hunde
erheb' ich mein gefülltes Glas.
Doch denk' ich jener nicht, die edelen Geblüts,
noch jener Zuchtprodukte, die ein Preis gekrönt,
nein, aller jener denk' ich dankbaren Gemüts,
der Stammbaumlosen, die man sonst verhöhnt.
Ich trink' auf ihre Treue, ihren Mut, ihr kluges Wesen,
auf alles, was in ihren Blicken ist zu lesen.
Nur ihrem Lob gilt diese Stunde,
und fröhlich wedelnd trotten sie fürbaß.

Und eines Morgens wachte ich auf und stellte fest, daß das Wetter wieder schön geworden war – unleugbar schön, wenn auch auf eine ganz andere Art als im Herbst.

Wenn Coco und ich jetzt das Haus verließen oder wieder betraten, gingen wir zwischen hohen Schneewällen hindurch, über denen an der Dachtraufe unzählige Eiszapfen wie blitzende Speere hingen. Das Licht, das von dem hellen Himmel herniederstrahlte und von dem leuchtenden Schnee wieder zurückgeworfen wurde, blendete so stark, daß ich eine dunkle Brille tragen mußte. Die Wege waren nirgends mehr zu erkennen, und wenn der Diener jetzt die Lebensmittel holte, so tat er es auf Skiern. An den kurzen Nachmittagen gingen Coco und ich nun nicht mehr spazieren, statt dessen schlitterten wir. Und es war Cocos größte Freude, auf den schmalen geschaufelten Wegen hin und her zu rasen, wobei er wahre Wolken von Schneestaub aufwirbelte. Jetzt draußen Röcke zu tragen, war unmöglich; und selbst die »jeune fille« marschierte, wenn sie ihren Ausgang hatte, in Hosen los. In diesen Wochen erfüllte uns alle ein so erhöhtes Lebensgefühl, daß, wann immer einer den anderen ansah, jeder über das ganze Gesicht strahlte; und was das Essen betraf, so bekam es jetzt eine ganz neue Wichtigkeit für uns, und jede einzelne Mahlzeit wurde zu einem Hochgenuß.

Kurz, wir lebten gesund und folglich glücklich und wahrscheinlich sehr vernünftig. Die Sonne schien unsere Körper ganz zu durchdringen. Die dünne reine Luft trug uns vorwärts, als ob wir Flügel hätten. Drinnen im Hause sangen wir, und draußen schwebten wir auf Skiern durch die Weite: ich, das junge Mädchen und sogar der gesetzte Diener und seine dicke Frau. Als ich die dicke Frau zum erstenmal auf Skiern sah, zitterte ich für sie, die dünnen Brettln schienen mir viel zu leicht, um ihr schweres Gewicht aushalten zu können. Aber ab sauste sie – ihrer selbst so sicher, wie nur irgend jemand – und verschwand hinter dem Hang wie ein plumper unbeholfener, aber nichtsdestoweniger geschickter Vogel.

Wenn nur das Wetter während der Weihnachtsferien so bleiben würde! Wenn nur die Kinder es auch genießen könnten! war mein ständiger Gedanke, der schließlich fast zu einem Gebet wurde.

Und das Wetter blieb so schön, und die Kinder konnten es mit genießen, und ich glaube, es wäre das schönste Weihnachten unseres Lebens geworden, wenn etwas nicht so gestört hätte.

Und das waren die Gäste!

Gäste können – und sind es auch oft – entzückend sein, aber man sollte niemals zulassen, daß sie die Oberhand bekommen. Von nun an, bis der Wetterumschlag im März ihrem Kommen und Gehen ein Ende machte – oder vielmehr nur ihrem Kommen, denn von einem Gehen war bald keine Rede mehr –, beherrschten sie mein Dasein. Ich habe nicht vergessen, daß ich eigentlich über Hunde und keine Autobiographie schreiben will, und wenn ich jetzt auf meine Gäste zu sprechen komme, so tue ich es nur, weil Cocos Haltung ihnen gegenüber ihre Erwähnung auf diesen Seiten notwendig macht. Wenn ich von Coco erzähle, muß ich auch von den Gästen erzählen. Sonst hätte ich sie – wie so manches andere – mit Stillschweigen übergangen.

Zunächst muß ich kurz erklären, wie es dazu kam, daß sie in mein kleines friedliches Haus eindrangen.

Ich hatte fünf Kinder, und jedes Kind durfte sich, wenn es wollte, für die Weihnachtsferien zwei Freunde einladen. Das hatte ich ihnen in der ersten Begeisterung, als ich mit dem Bau des Hauses begann, versprochen, und ich wollte nicht wortbrüchig werden. Aber zwei Freunde von jedem machten im Ganzen zehn, so daß mit meinen eigenen fünf fünfzehn Kinder um mich sein würden. Und das, dachte ich, war doch etwas reichlich!

Als die Ferienzeit näher rückte, stiegen in mir Befürchtungen auf. Nicht etwa wegen eines etwaigen Platzmangels – das Haus war schon im Hinblick auf den Besuch solcher Feriengäste entsprechend geräumig gebaut worden –, sondern weil es mir plötzlich zum Bewußtsein kam, daß ich ja dann unter diesen vielen Kindern die einzige Erwachsene war.

Meine Besorgnisse nahmen immer mehr überhand. Ich überlegte mir, was ich, als einzige Erwachsene, anfangen sollte, wenn die Kinder in dieser herben kräftigenden Luft vor lauter Gesundheit und Wohlbehagen übermütig werden würden? Und als ihre Ankunft unmittelbar bevorstand, die fünfzehn Betten bereits hergerichtet waren und die erste Mahlzeit, für die ich als Nachspeise sechzig Sahnebaisers bestellt hatte, angeordnet war, verlor ich die Nerven und lud mir telegraphisch einen Gast ein. Nur, um mir einen Rückhalt zu geben und den Gästen meiner Kinder gegenüber einen Ausgleich zu haben.

Es war ein älterer Mann, klein, schmal und hager, den ich wegen seines gesetzten Wesens unter meinen Freunden ausgewählt hatte. Ich hatte mir gedacht, daß seine bloße Gegenwart auf diese tobende Bande ausgelassener Gören eine beruhigende Wirkung ausüben würde; doch als er erschien, mußte ich feststellen, daß er innerhalb weniger Stunden ein völlig anderer Mensch wurde. Auch schien er mir von Anfang an gar nicht so alt, wie ich ihn in der Erinnerung hatte.

Wie ich später herausfand, war das zweifellos dem Einfluß des Hauses, der Umgebung und der Bergluft zuzuschreiben. Die Leute kamen hier alt, steifbeinig und vom Leben mitgenommen herauf und hatten in wenigen Tagen nicht nur vergessen, daß sie jemals von Rheumatismus oder ähnlichen Leiden geplagt gewesen waren, sondern verjüngten sich hier derart zusehends, daß sie durch ihr Benehmen beinahe unangenehm auffielen. Die Wintersonne und die Höhenluft zeitigten merkwürdige Ergebnisse. Mein friedliches Haus wurde im Laufe der Zeit zu einem Schauplatz der verschiedenartigsten Temperamentsausbrüche. Irgend jemand befand sich immer in einem Zustand höchster Erregung, weil alle Gefühle sich hier so übersteigerten. Wenn Tränen vergossen wurden, geschah es nicht in Tropfen, sondern in Strömen; jede Zuneigung artete sofort zu übertriebener Bewunderung aus, Verehrung wurde zur Anbetung und Abneigungen äußerten sich derart heftig, daß sie von Haß nicht mehr weit entfernt waren.

Ich vermute, es lag daran, daß wir alle so von Lebenskraft überschäumten. Und ich glaube, auch die Tatsache, daß wir so vollständig von der Welt abgeschnitten und so ganz aufeinander angewiesen waren, wie die Geschöpfe in der Arche Noah, hatte etwas damit zu tun. Jedenfalls fanden sich die Gäste merkwürdig rasch mit dieser Tatsache ab. Wild entschlossen, das Beste daraus zu machen, stürzten sie sich leidenschaftlich in dieses ungewohnte Leben und wurden dadurch völlig umgekrempelt.

Mein erster Gast lieferte zum Beispiel schon am zweiten Tage einen deutlichen Beweis, welche Veränderung mit ihm vorgegangen war. Es begann damit, daß er sich, als er zum Frühstück erschien, unternehmungslustig die Hände rieb und dann einige der Kinder in ihre vier Buchstaben kniff; und da diese Übergriffe seiner sonstigen Wesensart so gar nicht entsprachen, blickte ich überrascht auf.

Als die Kinder daraufhin mit großem Getöse das Zimmer verlassen hatten und er und ich mit den Hörnchen und der Kaffeekanne allein geblieben waren, bat er mich in einem jovialen Ton, der mir bisher an ihm noch nicht aufgefallen war, ihm doch – ganz im Vertrauen und unter Zusicherung seiner Verschwiegenheit – zu sagen, wer mir meine Bücher schreiben hülfe.

Das befremdete mich. Aber was er dann sagte, befremdete mich noch viel mehr; denn nachdem ich ihm auf seine Frage nach dem Thema meines neuesten Buches etwas zögernd und verlegen – weil ich ihn für einen Mann mit strengen Grundsätzen hielt – geantwortet hatte, daß es mir sehr leid täte, aber ich müsse ihm leider sagen, es handele von Ehebruch – rief er mit verblüffend begeisterter Zustimmung aus: »Der interessanteste Sport der Welt!«

Was war das für ein Gast, fragte ich mich im stillen entsetzt, den ich schutzlose Frau mit meinen fünf Kindern mir da aufgehalst hatte?

Aber es sollte mir noch Schlimmeres bevorstehen. Denn, anstatt mir zu helfen, die lebhaften Kinder zu bändigen, ließ er bald darauf ganz offenkundig merken, daß er sich gar nicht für sie interessiere, und begann, sich lediglich auf mich zu konzentrieren. Mit anderen Worten: er hörte auf, nur ein Gast zu sein, und verwandelte sich in einen Freier.

Ich weiß, das ist ein sehr heikles Thema, und wenn Coco ihn nicht so ermutigt hätte, würde ich gar nicht davon sprechen. Ich weiß auch, daß es mit auf die Höhenluft zurückzuführen war. In der Stadt hatte er niemals eine besondere Neigung für mich bezeigt, aber diese Bergluft war ihm zu Kopf gestiegen, und vielleicht fühlte er sich schon allein deshalb zu mir hingezogen, weil außer den Kindern niemand da war, mit dem er hätte reden können. »Gelegenheit macht Diebe!« Oft genügt schon ein bloßer Zufall oder ein geringfügiger Umstand, wie Ort und Wetter, um einen Mann glauben zu lassen, daß er eine Vorliebe für eine bestimmte Person habe. Da die Gelegenheit günstig und das Wetter so überaus anregend war, begann er sich mir gegenüber in einer Art zu verhalten, die man nur mit Hofmachen bezeichnen kann. Und da ich durchaus keine Neigung verspürte, auf solche Verjüngungserscheinungen einzugehen, wich ich ihm aus und ging ihm aus dem Wege, während Coco, anstatt ihn anzuknurren und ihm die Zähne zu zeigen, ganz dafür war.

Ich begriff Coco nicht. Ich habe seine Haltung meinen Verehrern gegenüber nie verstanden. Es war doch unmöglich, daß jeder von ihnen – bald darauf traten noch andere auf den Plan – der richtige Mann für mich sein konnte, und Coco hätte das instinktiv wissen müssen. Aber es stellte sich heraus, daß sein Instinkt in dieser Beziehung völlig versagte: er hieß sie alle mit derselben Überschwenglichkeit willkommen. Komisch, wie dieser Hund einen Freier als solchen auf den ersten Blick zu erkennen schien und ihn von anderen Männern, die er kaum beachtete, unterschied und ihn sogleich durch besondere Aufmerksamkeit auszeichnete und ermutigte. Lange bevor ich eine Ahnung hatte, daß sich unter meinen Gästen einer befand, und oft auch, bevor der Betreffende selbst sich bewußt wurde, was in ihm vorging, hatte Coco es schon spitz. Ich pflegte schließlich schon nervös zu werden, wenn ich ihn nur schweifwedelnd auf jemanden zugehen sah.

Um auf Nummer I zurückzukommen – er war es, der mir die Weihnachtsferien verdarb, weil es meiner Ansicht nach nichts Lästigeres gibt, als wenn einem immer jemand nachläuft, von dem man in Ruhe gelassen sein möchte, außer vielleicht, wenn einem jemand nicht nachläuft, von dem man es gern sähe. Ein großer Teil meiner kostbaren Zeit ging durch die Suche nach einem Versteck, in das ich mich zurückziehen konnte, durch Ausflüchte und Schwindelmanöver verloren, und all das wurde mir durch Coco noch erschwert, durch Coco, der mich durch seine Unruhe immer verriet und der, wenn ich mich mit ihm in mein Schlafzimmer geflüchtet hatte oder in irgendeinen unentdeckten Winkel, vernehmlich zu winseln begann. Es wurde mir bald klar, daß Coco dieses Versteckspiel nicht mitmachen wollte. Er war der Meinung, daß wir drei zusammenbleiben sollten; und da es ebenso unangenehm ist, einen Hund zu haben, der unruhig wird, wenn man mit ihm allein ist, wie einen Gast zu haben, der unruhig wird, wenn man nicht mit ihm allein ist, verbrachte ich eine scheußliche Zeit.

Mit welcher Erleichterung und mit welchem Glücksgefühl betrachtete ich an jenem herrlichen Morgen, als dieser Gast »unverrichteter Dinge« abreiste, all die Schönheit rings um mich her! Es schien mir, als hätte ich sie ewig nicht gesehen. Da stand ich auf der Terrasse, nachdem ich zum Abschied pflichtschuldigst mit dem Taschentuch gewinkt hatte, und fühlte mich wie ein Genesender, von dem das Fieber endlich gewichen ist, wie ein Mensch, der seinen Frieden wiedergefunden hat. Das weite Tal lag in flimmerndem Licht; das Weißhorn, das Rothorn und die ganze Simplonkette mit ihren leuchtenden Gipfeln waren mir niemals so schön erschienen. Es war, als ströme die Luft eine neue Frische und Reinheit aus. Ein wahrhaft paradiesischer Morgen! Die Fenster des Hauses standen alle weit offen, und aus dem einen hörte ich die »jeune fille« fröhlich singen, während sie die Betten des Gastes klopfte, der uns soeben verlassen hatte. Aus der Küche kam der verlockende Duft geschmorter Pflaumen, die wir bei einem Picknick – er hatte eine Abneigung gegen Picknicks – verzehren wollten, und als sie fertig waren, half Coco, wieder ganz der Alte, mir den mit so viel Köstlichkeiten gefüllten Freßkorb zu der Schneehalde hinaufzutragen, wo die Kinder und ich unser Mahl in der Sonne einnahmen.

Geliebte Kinder! Guter Hund! Himmlische Freiheit! Du wunderbare Welt!

Das waren die Empfindungen, die das Scheiden meines ersten Gastes in mir auslöste!

Aber ich möchte nicht den Eindruck erwecken, als sei ich ungastlich. Ich glaube, daß ich im Gegenteil eine gute Gastgeberin bin. Während mein Gast da war, sorgte ich stets dafür, daß etwas Gutes auf den Tisch kam, und plünderte meinen Weinkeller so gründlich, daß nicht eine einzige Flasche übrigblieb und wir wieder zu Limonaden zurückkehren mußten. Aber wenn ein Gast abreist, dann empfindet man, glaube ich, doch immer eine Art Erleichterung. Wie angenehm sein Besuch auch gewesen sein mag, man freut sich doch, wieder unter sich zu sein und ins alte Gleis zurückzukommen. Das trifft besonders dann zu, wenn es ein Freier ist, der uns verläßt, denn Freier sind alles in allem meist doch nur eine Plage. Selbst, wenn es sich um einen handelt, der einem ganz gleichgültig ist, tut man noch ein übriges und gibt sich besondere Mühe, und das ist immer mit Anstrengung und Zeitverlust verbunden.

Zwar hatte ich allabendlich vor dem Schlafengehen die Mehrbelastung meiner Hausfrauenpflichten verwünscht und mich geärgert, wenn ich mir wieder über den Küchenzettel den Kopf zerbrechen mußte – dennoch unterzog ich mich aller dieser Mühen und zeigte mich von meiner besten Seite. Was, alte Eva, fragte ich mich, geht eigentlich in dir vor?

Die letzten Ferientage gingen schnell vorbei, und als Coco und ich wieder allein waren, nahmen wir das alte Leben wieder auf, das so ganz meinem Geschmack entsprach und das auch ihm zu gefallen schien.

Ich sage absichtlich »zu gefallen schien« – weil es, obwohl kein Hund sich mehr darüber freuen konnte, mich ganz allein für sich zu haben, Augenblicke gab, in denen ich ihn schnüffelnd vor der Tür des Zimmers erwischte, das mein erster Gast bewohnt hatte. Und dabei sah er ausgesprochen melancholisch aus und kam auf meinen Ruf nur widerstrebend zu mir.

War es möglich, überlegte ich mir, daß ich an diesem Mann eine bewundernswerte Eigenschaft übersehen hatte, von der Coco wußte, daß ich sie schätzen würde? Man behauptet, Hunde hätten einen Riecher für so etwas; und ich neigte dazu, es zu glauben, und spielte in Gedanken mit der durchaus nicht unangenehmen Vorstellung, daß ich mir wahrscheinlich einen guten Ehemann verscherzt hatte. Doch als neue Gäste kamen und ich bemerkte, wie Coco sich sofort an einige von ihnen heranmachte und sich diesen gegenüber auffällig zutraulich benahm, wußte ich, daß jene Behauptung irrig war. Diese männlichen Wesen konnten unmöglich alle gerade die Eigenschaften besitzen, die ich an einem Mann besonders schätze. Hunde wissen gar nichts, stellte ich fest. Im Gegenteil, sie machen die groteskesten Fehler. Es war lediglich der Höhenluft und der daraus sich ergebenden Hemmungslosigkeit zuzuschreiben, daß jene Gäste ein Betragen an den Tag legten, das sich nur mit »auf Freiersfüßen gehen« bezeichnen läßt.

Diese neuen Gäste kamen in mein Haus, weil ich nicht nein sagen kann – jedenfalls kann ich es nicht auf Anhieb tun. Wenn man mir Zeit läßt, bringe ich es schon fertig wie andere Frauen auch, aber am Telephon sage ich zu allem ja und amen.

Sie riefen mich an, und die Folge davon war, daß ich sie einlud. Sie hatten jenen ersten Gast in Genf getroffen, wohin er gereist war, nachdem er mich verlassen hatte, und da Genf wesentlich tiefer liegt, hatte er sich dort, wie es schien, von dem Rausch der Berge erholt und sah die Dinge wieder in ihrem richtigen Maßstab.

Dieser richtige Maßstab hatte bei ihm zweifellos zu der Erkenntnis geführt, daß er noch rechtzeitig einer großen Torheit entronnen war, und in seiner Dankbarkeit darüber konnte er mein Haus und mich gar nicht hoch genug preisen. Ich wäre, hatte er meinen Freunden mitgeteilt – wenn man Menschen, mit denen man nur gelegentlich in der Stadt zusammengekommen ist, Freunde nennen kann –, die ideale Wirtin. Überdies hätte ich einen sehr zutraulichen, geradezu bezaubernden Hund, mein Personal sei bemerkenswert gut gezogen und meine Küche außergewöhnlich gepflegt. Kurz, mein Haus wäre der geeignetste Ort für ruhebedürftige alternde Leute und solche, die mit den Nerven herunter sind.

Wehrlos hörte ich am anderen Ende der Leitung diese Lobreden an. Wie immer am Telephon, war ich nicht ruhig genug, um sie unter die Lupe zu nehmen. Später jedoch mißtraute ich ihnen. Zum Beispiel der Bemerkung über das Essen und den zutraulichen Hund. War er, weit davon entfernt, feurige Kohlen auf mein Haupt zu sammeln, vielleicht einfach rachsüchtig? Daß er mir vier neue Gäste auf den Hals hetzte, sah mir sehr danach aus.

Diese Gäste, die noch keine waren, aber es bald werden sollten, hatten mir am Telephon mitgeteilt, daß sie sehr angegriffen wären. Sie beabsichtigten, sagten sie, den Rest des Winters in Rom zu verbringen, und dächten es sich so reizend, ihre Reise dorthin mit einem Besuch bei mir zu unterbrechen. Vielleicht kämen sie zum Mittagessen; falls sich das nicht lohnen würde, würden sie auch über Nacht bleiben, oder wenn es mir nichts ausmache, schlügen sie mir vor, da eine Nacht mehr ja keine Rolle spiele, das Wochenende bei mir zu verbringen. Das dächten sie sich geradezu entzückend. Worauf ich mich, hilflos, wie ich am Telephon nun einmal bin, begeistert sagen hörte: »Ja, tun Sie das doch!«

Also unterbrachen sie ihre Reise und trafen zu viert bei mir ein. Es war nämlich eine Familie, Mutter, Tochter und zwei Söhne; und bestürzt sah ich, wie Coco sofort schweifwedelnd auf die beiden Söhne zulief.

Nun begann nicht nur für die Dauer eines Wochenendes – denn einmal angekommen, blieben sie –, sondern für viele Wochen ein Leben, das zu der erhabenen Ruhe der uns umgebenden Landschaft in krassem Widerspruch stand. Die Berge rings um uns her gaben uns ein leuchtendes Beispiel ruhiger Würde, doch wir nahmen nicht die geringste Notiz davon. Mein kleines Haus kochte über. Die Mutter, die zu den ruhebedürftigen alternden Leuten gehörte, begann sich auf einmal in fast erschreckender Weise zu verjüngen. Die Tochter, diejenige von ihnen, die mit den Nerven herunter war, trug schon während des Frühstücks am ersten Morgen eine merkwürdige Munterkeit zur Schau. Die beiden Söhne, die unglücklicherweise in dem Alter waren, in dem sich junge Männer zu älteren Frauen hingezogen fühlen, was Coco sofort herausgefunden hatte, verloren keine Zeit, mir den Hof zu machen. Wenn ich irgendeinen Gegenstand fallen ließ, überstürzten sie sich förmlich, ihn mir aufzuheben. Und wenn ich etwas trug, rissen sie es mir fast aus der Hand. Sie wetteiferten darin, mir in lauschigen Winkeln Gedichte vorzulesen. Sie hingen an meinen Lippen und lachten zustimmend, jedes Mal, wenn ich den Mund öffnete – manchmal sogar bevor ich noch ein Wort gesagt hatte –, ein Betragen, das jede Unterhaltung schließlich versanden ließ.

Solche jungen Männer gibt es, und das ist bedauerlich, weil sie den älteren Frauen, die zu ihrem eigenen Schaden diese Anhimmelung für bare Münze nehmen, so schlecht bekommen. Es ist möglich, daß sie mir auch schlecht bekommen wären, wenn ich sie ernst genommen hätte, aber dafür war ich noch nicht alt genug, und ihre Verehrung löste nichts als Ärger in mir aus.

Ich war in der Tat sehr verärgert. Es ärgerte mich, daß sie, obwohl die Höhenluft im Umkreis meines Hauses eine immerhin noch erträgliche Wirkung auf sie ausübte, völlig überschnappten, sobald sie nur fünfhundert Fuß höher kletterten. Es ärgerte mich, daß Mutter und Tochter plötzlich anfingen, mich zu beobachten; aber am meisten ärgerte ich mich über Cocos Benehmen, der sich nicht schämte, jeder Gelegenheit zu einem tête-à-tête Vorschub zu leisten.

Er hatte die peinliche Angewohnheit, mit lebhaftem Schwanzgewedel zwischen mir und den jungen Leuten hin und her zu laufen, uns abwechselnd aufdringlich anzustarren und laut zu bellen, wenn wir ihn nicht beachteten, und manchmal ging er sogar so weit, uns am Ärmel zu zerren. Und die Mutter pflegte dann kopfschüttelnd zu sagen: »Was ist das für ein merkwürdiger Hund! Man könnte fast glauben...«

Aber sie sprach den Satz nicht zu Ende. Als die Familie zwei Wochen bei mir war, endete fast jedes Gespräch auf diese Weise.

Ich bin der Meinung, daß sich nur Gleichaltrige zu Paaren zusammenfinden sollten, die Vierzigjährigen mit den Vierzigjährigen und die Zwanzigjährigen mit den Zwanzigjährigen. Sollten sich die Vierzigjährigen, wie es zuweilen vorzukommen pflegt, aus ihren Altersgenossen nichts machen und sich lieber den Zwanzigjährigen zugesellen, dann sollte man sie in ihrem eigenen Interesse davon zurückhalten; und ebenso sollte man den Zwanzigjährigen, die sich in der Unerfahrenheit ihrer Jugend einbilden, daß sie auf die Dauer mit Vierzigjährigen glücklich sein könnten, solche Gedanken ausreden.

Da es glücklicherweise zu der Zeit in meinem Hause niemanden gab, der auf die Lockrufe der Jugend hörte, hätte man meinen sollen, daß wir infolgedessen alle sehr glücklich waren. Aber wir waren es nicht. Ich glaube, es lag daran, daß wir alle zu gesund waren. Ein Überschuß an Gesundheit bringt meist auch eine Steigerung des Tatendrangs mit sich; wenn man vor Lebenskraft überschäumt, will man entweder in der Liebe oder im Kampf seine Kräfte messen. Da sich meinen Gästen für erstere keine Gelegenheit bot, fingen sie an zu streiten, und da hier oben nichts halb getan wurde, schlug ihre anfängliche gute Laune plötzlich ins Gegenteil um. Die Söhne waren verstimmt, weil Cocos Bemühungen, sie und mich zusammenzubringen, nur den Erfolg hatten, die Kluft zwischen uns zu erweitern, und Mutter und Tochter, weil sie diese Entfremdung spürten und ungehalten darüber waren, obwohl sie es noch viel weniger gern gesehen hätten, wenn sie nicht eingetreten wäre.

Diese Spannungen veranlaßten sie jedoch keineswegs, abzureisen. Im Gegenteil, sie bestärkten sie, dazubleiben. Denn sie hatten es sich in den Kopf gesetzt, miteinander ins reine zu kommen, und es war offensichtlich, daß sie ihre Reise nach Rom nicht eher fortsetzen würden, als bis ihnen das gelungen war. Die Mutter wollte mit ihren Söhnen ins reine kommen und die Tochter mit ihren Brüdern und, wie ich fürchtete, alle wiederum mit mir; denn es war mir nicht verborgen geblieben, daß ich eine der Ursachen ihrer Meinungsverschiedenheiten war. Allerdings nicht die einzige – es gab noch andere, zum Beispiel Fahrkarten. Die atmosphärischen Strömungen hier oben schienen sich auch dahin auszuwirken, daß die geringsten Kleinigkeiten zu leidenschaftlichen Erörterungen Anlaß gaben, und ich will mich selbst nicht zu hoch einschätzen. Der einzige Unterschied zwischen mir und den Fahrkarten bestand darin, daß man über sie in aller Öffentlichkeit sprach und über mich nicht. Um über mich zu sprechen, zog man sich in die Schlafzimmer zurück und machte die Türen hinter sich zu. Und ich, die man nach dem Tee in der Halle allein mit Coco zurückließ, ärgerte mich, weil ich wußte, was da oben vor sich ging.

»Gerald, komm doch einen Augenblick in mein Zimmer, ich möchte dir etwas zeigen!« pflegte die Mutter zu sagen, und gleich darauf bat die Schwester den anderen Bruder mit den gleichen Worten zu sich, mit dem einzigen Unterschied, daß sie ihn mit Gilbert anredete. Und da das Haus aus Holz war und dünne Wände hatte, konnte ich manchmal, wenn sie ihre Stimmen erhoben, nicht umhin, einige Brocken ihrer erregten Unterhaltung, wie »Fünf Kinder...« oder – was mich besonders wurmte, weil es nicht der Wahrheit entsprach – »Sie muß

mindestens vierzig sein, wenn nicht älter...«, mit anzuhören.

Dann pflegte ich mich zu erheben, meinen Pelzmantel
vom Haken zu nehmen, Coco großartig zu pfeifen und
mit ihm in die Nacht hinauszugehen, durch das Kiefern-
wäldchen hinter dem Hause über den knisternden
Schnee bis zu einem Felsen, den ich kannte; dort saß ich
dann und betrachtete die Sterne, wie sie einer nach dem
andern am Himmel erschienen, und begann in diesem
friedvollen Schweigen neuen Mut zu fassen. »Fleckenlose Reinheit, göttliche Harmonie!« murmelte ich vor
mich hin. Ja, das war es, wonach mich verlangte, sprach
ich noch etwas verdrießlich zu mir selbst, aber angesichts
dieser verzauberten eisigen Welt, der schneebedeckten
Bäume, die sich unter der kühlen Last demütig neigten,
und all der kleinen Bäche, die zwischen den Felsen zu
einem Winterschlaf festgefroren waren, begann ich mich
zu schämen. Über dem weißen Gipfel des Rothorns
blinkte ein neuer Stern auf – und ich kränkte mich, weil
meine Gäste ihre Schlafzimmer aufsuchten und sich erzählten, daß ich fünf Kinder habe – nun wohl, die hatte
ich, nichts konnte wahrer sein als das! –, und kränkte
mich, weil sie behaupteten, ich sei schon vierzig, was ich
sicherlich eines Tages sein würde, wenn die Zeit weiter so
schnell verging wie bisher. Das Ganze kam nur daher,
grübelte ich, während ich auf die glitzernden Hänge des
Weißhorns blickte, daß wir alle zu dicht aufeinander-
hockten; und daß meine Gäste alle einer Familie ange-
hörten, machte die Sache nur noch schlimmer. Aber es
war sinnlos, mir dadurch die gute Laune zu verderben,
daß ich ihre Abreise vergeblich herbeisehnte, nein, die

einzige Möglichkeit, diesem Übelstand abzuhelfen – überkam es mich plötzlich wie eine Erleuchtung – war, noch mehr Gäste einzuladen. Solche, die nicht miteinander verwandt sind, Gäste, die gar nichts miteinander zu tun haben. Zum erstenmal dämmerte es mir auf, daß es, wenn man sich eine gewisse Freiheit bewahren, dabei aber doch gastlich bleiben will, am gescheitesten ist, seine Türen weit zu öffnen und sich das ganze Haus voll Gäste zu laden. Dann werden sie miteinander so beschäftigt sein, dachte ich, daß sie für mich gar keine Zeit erübrigen und ich in Ruhe an meinem neuen Buch weiterschreiben kann.

Bei diesem Gedanken stand ich auf und –

»Wieviel Gutes
bleibt einem jeden Menschen noch zu tun!«

rief ich den ehrwürdig schweigenden Bergen triumphierend zu, eilte mit Coco ins Haus zurück und begann unverzüglich verschiedene Briefe zu schreiben und Depeschen aufzusetzen.

Da ich ja in erster Linie von Coco erzählen will, brauche ich auf die folgenden Ereignisse nicht näher einzugehen, denn Coco tat in den nächsten Wochen nichts anderes als gähnen. Es genügt daher wohl zu sagen, daß, nachdem ich für die Söhne zwei junge Mädchen eingeladen hatte, für die Schwester einen jungen Mann, der in keiner verwandtschaftlichen Beziehung zu ihr stand, und für die Mutter einen älteren Herrn, der selbst schon erwachsene Kinder besaß, alle sich so betrugen, wie ich es erhoffte – bis auf jenen Vater.

Mit ihm hatte ich, wie es schien, einen Fehlgriff getan; denn als ich ihn seiner Altersgenossin vorstellte, schien er gar keine Lust zu haben, sich zu ihr zu setzen, sondern erklärte statt dessen mit einem Blick durch das Fenster, daß er sich ein bißchen Bewegung machen wolle, und lief den jungen Mädchen nach.

Das hatte ich nicht vorausgesehen. Seine Handlungsweise warf alle meine Pläne über den Haufen. Die Mutter hatte sich beim Skilaufen eine Sehnenzerrung zugezogen und war daher für einige Tage gezwungen, das Zimmer zu hüten, und ich hatte mir gedacht, daß er, ein Mann in den Sechzigern, ihr mit Vergnügen Gesellschaft leisten, sich zu ihr setzen und mit ihr plaudern würde. Was mich meiner Pflichten als Gastgeberin enthoben hätte.

Aber ich hatte die kräftigende Höhenluft nicht in Betracht gezogen. Überdies stellte sich bald heraus, daß er zu jenen Menschen gehörte, die für ihre Altersgenossen gar nichts übrig haben, insbesondere nicht für solche, die durch einen Verband verunstaltet sind; und die Mutter, die tagsüber auf einem Sofa lag, mußte ja um den einen Fuß, der vorläufig außer Gefecht gesetzt war und sichtbar auf einem Kissenstapel ruhte, einen Verband tragen. Aber was ist ein Fuß im Vergleich zu allem anderen? Ihre intellektuellen Fähigkeiten wurden durch diese Verletzung nicht im geringsten beeinträchtigt. Ihre Seele, ihr Geist, alles das, was man an einem Menschen mit Recht so hoch einschätzt, war wie nur je daran interessiert, Kontakt zu bekommen. Ich bedaure, sagen zu müssen, daß mein neuer Gast auf diese Art von Kontakt gar keinen Wert legte. Er liebte die Jugend, und ihr lief er schamlos nach und verdarb, wie mir die jungen Mädchen später erzählten, ihre Kletterpartien, weil er, so rüstig er auch sein mochte, doch bedeutend älter war als sie und ihnen mühsam auf die Berge nachkroch und ihnen jammernd wieder hinunterfolgte.

Die Folge seiner Weigerung, mit zwei alten Schreckschrauben zu Hause zu bleiben – ich glaube, der alte Herr hielt nicht nur die Mutter, sondern auch mich für eine solche, und im Vergleich zu den jungen Mädchen, die alle unter zwanzig waren, mögen wir ihm vielleicht wirklich als alte Schachteln erschienen sein, so bitter es auch ist, sich so etwas einzugestehen –, die Folge seiner Weigerung war, daß es an mir hängenblieb, meinem invaliden Gast Gesellschaft zu leisten.

Dies kam mir ebenso unerwartet wie ungelegen. Anstatt durch die Anwesenheit mehrerer Gäste mehr freie Zeit zu haben, hatte ich nun weniger denn je. Aber was konnte ich tun? Menschlichkeit sowohl wie Gastfreundschaft verlangten es, daß ich die alte Dame nicht allein ließ. So saß ich stundenlang neben ihr und war, wie ich hoffe, die Liebenswürdigkeit selbst, während ich verzweifelt an all das dachte, was ich statt dessen gern getan hätte.

Und Coco saß bei uns und gähnte. Seit das Interesse der beiden Söhne für mich nachgelassen hatte, waren sie ihm gleichgültig geworden. Er langweilte sich sichtlich. Er wollte nicht einsehen, warum er an diesem schönen Morgen drinnenbleiben mußte und warum ich nicht meine Skier angeschnallt hatte und wir beide nicht mehr wie früher zusammen die Hänge hinuntersausten. Er gähnte unaufhörlich – den Kopf zurückgeworfen, das riesige Maul weit aufgerissen –, mit all den Geräuschen, die alte Männer, denen es bereits gleichgültig geworden ist, was andere Leute von ihnen denken, beim Gähnen von sich geben.

Ich hätte es nicht für möglich gehalten, daß ein Hund so ausdauernd gähnen konnte wie Coco. Es war unmöglich, nicht davon angesteckt zu werden, und infolgedessen gähnten wir alle drei. Zuerst war es ein wohlerzogenes, möglichst unauffälliges Gähnen, weit entfernt von Cocos schamloser Hemmungslosigkeit, und anfangs pflegte sich die Mutter jedesmal anmutig die Hand vors Gesicht zu halten und entschuldigend zu sagen: »Ich weiß wirklich nicht, was heute morgen über mich gekommen ist.« Es währte jedoch nicht lange, und sie gähnte ganz ungeniert. Beide gähnten wir schließlich mit offenem Mund, ohne die geringste Anstrengung zu machen, es zu verbergen.

Seltsamerweise rief das Höhenklima auch ein merkliches Nachlassen der guten Erziehung hervor. Nicht, daß wir etwa gewagt hätten, grobe Verstöße gegen Anstand und Schicklichkeit zu begehen – oh, nein, lieber wären wir gestorben –, aber kleinere ließen wir uns täglich zuschulden kommen. Das Gähnen, ohne sich die Hand vor den Mund zu halten, war nur ein Beispiel. Ich könnte noch andere anführen, da ich ja aber keine Autobiographie schreibe, brauche ich es glücklicherweise nicht zu tun.

Das Wetter verschlechterte sich erst wieder gegen Anfang März, aber solange es gut blieb, blieben auch meine Gäste da. Es waren nicht durchweg dieselben Gäste, aber ich sollte bald erfahren, daß auf jeden Gast, der abreiste, mir ein neuer ins Haus schneite. Denn als diejenigen, die mich verlassen hatten, wieder nach England in ihre Büros oder in ihre Kathedralen – zehn Tage lang hatte ich nämlich einen Domherrn beherbergt – zurückgekehrt waren und dort unseren gemeinsamen blaßgesichtigen Bekannten durch ihre Sonnenbräune auffielen, erzählten sie, auf die Frage, wo sie denn herkämen, so begeistert von ihrem Ferienaufenthalt, daß den Zuhörern das Wasser im Munde zusammenlief.

Jedenfalls bewiesen mir die folgenden Ereignisse, daß es sich so verhalten haben mußte. Zahlreiche Bekannte schrieben mir plötzlich ergreifende Briefe, in denen sie mir mitteilten, wie sehr sie sich nach frischer Luft sehnten, wie schrecklich sie mich beneideten und wie traurig es sei, daß sie sich St. Moritz dieses Jahr nicht leisten könnten. Und da ich, wie ich schon sagte, nicht nein sagen kann, wenn man mir die Pistole auf die Brust setzt oder an meine Gutmütigkeit appelliert – es ist so schmeichelhaft, für gutmütig gehalten zu werden –, schrieb ich jedesmal zurück, daß ich über ihr Kommen sehr erfreut sein würde. Außerdem empfand ich es als eine Art Ungerechtigkeit, daß Coco und ich hier das geräumige Landhaus mit seinen vielen Badezimmern und das herrliche Wetter ganz allein genießen sollten, während die Leute in London von Regen und Nebel geplagt wurden.

Folglich war mein Haus niemals leer. Im Gegenteil, da nur wenige abreisten und viele hinzukamen, war es schließlich nahezu überfüllt und unterschied sich von einem Hotel eigentlich nur dadurch, daß die Gäste keine Rechnungen bezahlen mußten. Hätte ich im Baedeker gestanden, hätte ich sicherlich drei Sterne bekommen.

Aber solche Sterne oder die Vorzüge, denen man sie verdankt, sind eine Auszeichnung, auf die ich angesichts der Tatsache, daß ich allmählich verarmte, gerne verzichtet hätte. Ich hatte meine Laufbahn als Wirtin – etwas ganz Neues für mich, weil wir in Pommern kaum je Besuch, geschweige denn Logiergäste hatten – mit einer großzügigen Herzlichkeit begonnen. Ich hatte immer gehört, daß es billiger sei, für zwei Personen zu kochen als für eine, und daraus die Schlußfolgerung gezogen, daß eine Mahlzeit desto weniger koste, je mehr Leute daran teilnahmen. Diese Schlußfolgerung erwies sich leider als irrig. Sie mag für einen Hotelbetrieb zutreffen, denn in Hotels scheint es keine Rolle zu spielen, ob einer mehr oder weniger mitißt. Bei mir spielte es aber eine Rolle, und diese Entdeckung machte mich zeitweise nachdenklich.

An den Sonnabenden, wenn ich die Wochenrechnungen bezahlt hatte, nahm meine Nachdenklichkeit so überhand, daß es mir unmöglich war, bei Tisch in der Unterhaltung mit meinen Gästen den nötigen Elan aufzubringen, und ich wußte, daß das unangenehm auffallen würde. Wenn eine Wirtin ihre Gäste zufriedenstellen will, muß sie ständig Elan aufbringen, jedenfalls, solange sie sich in ihrer Gesellschaft befindet. Wenn sie Trübsal blasen will, soll sie es in ihrem Schlafzimmer tun, aber in Gegenwart der Gäste darf sie sich nicht gehenlassen.

Samstags besaß ich keinen Elan. Ich saß an der Spitze der Tafel und fühlte mich unbehaglich. Nur mein eines Auge drückte noch gastliche Liebenswürdigkeit aus, das andere war durch den Einblick in die Wochenrechnungen bereits getrübt. Wie lange noch, fragte ich mich, würde es mir möglich sein, die gewohnte Reichhaltigkeit des Küchenzettels aufrechtzuerhalten und meinen Gästen als Nachspeise Puddings vorzusetzen? Wenn das so weitergeht, dachte ich, kann ich ihnen binnen kurzem zum Nachtisch nur noch Nüsse anbieten. Und diese Kammermädchen – einige von meinen weiblichen Gästen, die besonderen Wert auf ihr Äußeres legten, hatten ihre Jungfern mitgebracht – waren unkontrollierbare Geschöpfe, die sich verdächtig viel in der Küche herumdrückten, doch wenn ich ihnen im Hause begegnete, traten sie scheu beiseite, als ob sie nicht bis drei zählen konnten. Und dieser Detektiv! Einer meiner Gäste hatte auf Wunsch der Regierung stets einen Detektiv um sich, wohin immer er auch ging, denn es war Anfang 1914, und die Suffragetten waren scharf auf ihn. Und dieser Detektiv hatte, nach den Rechnungen zu urteilen, wahrhaft furchtbare Mengen von Whisky vertilgt.

Daher saß ich an diesen Samstagen so nachdenklich da, unfähig, den nötigen Elan auch nur vorzutäuschen. Und ich weiß nicht, was geschehen wäre, zu welchen spartanischen Maßnahmen ich mich in meiner Besorgnis entschlossen oder zu welcher freimütigen Offenheit ich mich aus demselben Grunde verstiegen hätte, etwa der Art, meinen Gästen erklären zu müssen, daß es an der Zeit wäre, abzureisen, damit ich endlich mein Buch zu Ende schreiben könne, – wäre nicht meine Aufmerksamkeit durch etwas ganz anderes abgelenkt worden.

Dieses »ganz andere« war ein neuer Gast. Ich hatte ihn zwar nicht eingeladen, aber unter einem Vorwand, den ich später als sehr fadenscheinig erkannte, war er einfach gekommen.

Man sollte vielleicht glauben, daß ich, die ich mit so viel Sorgen zu kämpfen hatte, die mir aus den schon anwesenden Gästen erwachsen waren, etwas Besseres zu tun hatte, als mich noch mit einem neuen Gast zu belasten. Das war auch der Fall, aber dieser Gast bildete eine Ausnahme. Denn dieser eine, der langsam den vereisten Weg zu meiner Haustür heraufstieg und der bei jedem Schritt vorwärts wieder zwei Schritte zurückschlitterte, war weniger ein neuer Gast als das Schicksal in Person. Und seinem Schicksal kann man nicht entgehen!

Ich halte Schicksal für kein hübsches Wort. Ich finde, es erweckt eine Vorstellung von Angstschweiß und kaltem Schauer über den Rücken. Doch war davon weder Coco noch mir etwas anzumerken, als »das Schicksal« meine Tür öffnete und zu uns hereinkam. Wohl hatte ich das eigenartige Gefühl, daß Gott seine Hand über mir hielt, aber ich empfand keinerlei Unbehagen. Und ich erinnerte mich erst später, daß ich dieses Gefühl bisher nur ein einziges Mal gehabt hatte, damals in Italien, als ich mich für die Gesellschaft ankleidete, auf der ich meinen ersten Mann kennenlernte.

Ich saß vor einem Stapel von Haushaltsbüchern, denn es war ein Sonnabend, und blickte auf den gähnenden Coco. Er kannte diese Morgenstunden und verabscheute sie ebensosehr wie ich. Die anderen waren alle schon gleich nach dem Frühstück mit Proviant und Skiern fortgegangen und beabsichtigten nicht vor Anbruch der Dunkelheit zurückzukehren. Es schien ihm hart, das konnte ich ihm deutlich ansehen, daß er und ich an einem so herrlichen Wintertag drinnenbleiben sollten. Er wußte nicht, was uns bevorstand. Als die Schritte, die mit jeder Minute näher kamen, noch nicht an dem Felsenvorsprung angelangt waren, konnte selbst er sie noch nicht hören, erst als sie den Hang zu meinem Haus hinaufzuklettern begannen, hielt er plötzlich im Gähnen inne, spitzte die Ohren, mit einemmal ganz gespannte Aufmerksamkeit, und rannte zur Tür. Aber daß es das Schicksal war, das da auf uns zukam, mein Schicksal und indirekt auch das seine, ahnte er in diesem Augenblick auch nicht.

Die Tür führte von der Terrasse unmittelbar in das durch Zentralheizung und durch ein riesiges Kaminfeuer erwärmte Wohnzimmer, wo wir uns die meiste Zeit über aufhielten, und Coco, der aufgeregt die Türritze am Boden beschnupperte, begann jetzt mehrmals laut und fröhlich zu bellen. Ich wußte, was dieses Gebell und sein lebhaftes Schwanzwedeln besagen wollten. Es konnte nichts anderes bedeuten, als daß sich irgendwo ganz in der Nähe ein neuer Freier befand.

In meinen Stuhl zurückgelehnt, saß ich nachdenklich da und beobachtete Coco. Ein neuer Freier! Seit dem Domherrn war ich von ihnen verschont geblieben, und ich hatte geglaubt, damit wäre es nun endgültig vorbei. Ich war mir zwar nicht sicher, ob ich mich darüber freuen sollte oder nicht, aber ich sagte mir, einmal müsse es ja damit ein Ende haben; und vielleicht war gar kein neuer im Anmarsch, sondern nur mein erster, mein Weihnachtsgast, der zurückkam, um sich zu vergewissern, wie es mir inzwischen ergangen war, und sich zu erkundigen, wie ich mit der Familie, die er mir auf den Hals gehetzt hatte, ausgekommen sei. Das sähe ihm jedenfalls ähnlich, dachte ich.

Aber darin tat ich ihm unrecht. Er war viel netter, als ich dachte. In meinem Herzen war ich auch überzeugt, daß er nicht so kleinlich war. Sicherlich hatte er jede Verstimmung, die er hier empfunden haben mochte, längst überwunden und alle etwaigen Wünsche in bezug auf meine Person aufgegeben. Und es stellte sich heraus, daß, wo immer er sich im Augenblick auch befand, ob noch in Genf oder wieder in England, er jedenfalls nicht den vereisten Pfad zu meinem Hause emporkletterte.

Irgend jemand tat dies aber, das konnte ich nun selbst hören, jemand, der in Coco stürmischere Hoffnungen wachrief, als er je zuvor geäußert hatte. »Warum gerade dieser?« fragte ich mich, die Hände gefaltet, den Kopf geneigt, und drückte so, unbewußt, durch meine ganze Haltung tiefe Ergebenheit in mein Schicksal aus.

Weil – lautete die Antwort auf meine Frage, die Antwort, die nur Coco mir in diesem Augenblick hätte geben können – weil dieser Neuankömmling kein beliebiger Freier war, keiner von denen, die anfangs Feuer und Flamme sind und sich dann, wenn ihre Neigung nicht erwidert wird, enttäuscht abwenden, sondern einer, der sich bald in einen Ehegatten verwandeln sollte; und als die Tür aufging und ein Kopf sichtbar wurde, stürzte Coco auf den Eintretenden zu, um ihn so begeistert willkommen zu heißen, wie es einem Gast von solcher Bedeutung zukam.

Er konnte sich nicht lassen vor Freude. »Komm herein! Bitte, komm doch nur! Das ist unser Haus, aber von nun an ist es das deine mit allem, was darinnen ist!«

schien er ihm leidenschaftlich zu beteuern durch Freudensprünge, Schweifwedeln und lautes, fröhliches Gekläff.

Ich selbst rührte mich nicht. Ich fühlte mich von seinem plötzlichen Erscheinen so benommen, daß ich wie angewurzelt sitzen blieb. Und der Ankommende sagte, während er sich mit der einen Hand über die Stirn fuhr und mit der anderen den ungestümen Coco abwehrte: »Sie sollten Ihren Weg in Ordnung bringen lassen!«

Und ich, immer noch unfähig, mich zu rühren, begrüßte ihn nur mit einem leichten Kopfnicken und fragte, indem ich mir bereits meiner Wehrlosigkeit ihm gegenüber bewußt wurde: »Meinen Weg?«

»Asche«, sagte er, »Sie müssen Asche daraufstreuen!«

Das waren seine ersten Worte. Wenn ich heute daran zurückdenke, scheinen sie mir sehr charakteristisch für ihn zu sein. Ich hatte ihn nur ein- oder zweimal in London getroffen, als ich mich dort aufhielt, während mein Haus in den Bergen gebaut wurde, und da ich mit Einladungen sehr großzügig bin, besonders auf weite Sicht, hatte ich auch ihn – zweifellos mit dem Anschein, daß ich es aufrichtig meinte – überaus herzlich eingeladen, mich zu besuchen, sobald das Haus fertig wäre.

Nun war es fertig, und er war gekommen, um, wie er sagte, auf seinem Wege nach – ich weiß nicht mehr, wohin – bei mir hereinzugucken. Aber mein Haus lag nicht auf dem Wege nach irgendwohin, und ich erfuhr bald, daß er das auch wußte und daß sein Gepäck auf einem Schlitten etwas weiter unten wartete, nur für den Fall, wie er mir offenherzig erklärte, daß ich ihn bitten würde, zu bleiben. Dabei hatte er gar nicht damit gerechnet, daß sein Besuch mir nicht erwünscht sein könnte. Denn er war, wie er mir später gestand, von vornherein mit Heiratsabsichten hergekommen, was Coco ja gleich gespürt hatte. Was aber nur Coco und er noch nicht wußte, war, daß sich seine Absichten tatsächlich verwirklichen sollten. Das hing zwar immerhin von mir ab, aber ich empfand die Unabwendbarkeit des Schicksals bereits so stark, daß ich mich ohne jeden Widerstand dem Geschehen, das seiner Erfüllung vorausging, überließ.

Über hohen Stiefeln, in die er die Enden seiner Hose hineingesteckt hatte, trug er Gummischuhe und um den Hals einen steifen weißen Kragen. Auf seiner Weste hing eine goldene Uhrkette. Er sah nicht aus wie ein Bergsteiger und bezeigte auch keine Neigung, sich sportlich zu betätigen. Er wollte nur im Hause bleiben. Wenn die Sonne schien, ging er gelegentlich auf die Terrasse hinaus, aber die meiste Zeit verbrachte er innerhalb des Hauses. Und ich blieb bei ihm. Und während wir so einander gegenübersaßen, vollzog sich, ohne daß wir etwas dazu taten, unser Schicksal.

Das Haus war nicht nur voller Menschen, sondern auch voller Unruhe, hauptsächlich deshalb, weil sich zwischen den Pärchen, die sich zusammengefunden hatten, plötzlich Unstimmigkeiten einstellten. Ihre Verliebtheit war nicht von Dauer, und neue Bindungen wurden angestrebt. Manch einer wurde des andern müde und ließ sich Treulosigkeiten zuschulden kommen, was in den beständigeren Gemütern eine Enttäuschung auslöste, die sich in dieser belebenden Höhenluft häufig zu Wutausbrüchen steigerte. Die Hälfte meiner Gäste befand sich fast immer in solchem Zustand; die meisten andern pendelten unentschlossen hin und her, und nur einige wenige behielten ihr seelisches Gleichgewicht.

Darum empfand ich es überaus wohltuend, jemanden neben mir zu haben, der von den Ursachen und Zusammenhängen dieser allgemeinen Unruhe nichts wußte und der, die Pfeife im Mund, unberührt von all dem Trubel dasaß und jedem freundlich zulächelte. Er wartete seine Zeit ab. Ich machte mir darüber keine Gedanken, ich betrachtete ihn gleichsam nur als ruhenden Pol in der Erscheinungen Flucht. Was für ein sympathischer Mensch, dachte ich, so liebenswürdig, so zuverlässig und so angenehm unkompliziert! Und wie umsichtig von ihm, mir den Rat mit der Asche zu geben! Ich hatte ihn sogleich befolgt, und der Weg zu meinem Hause war nun schwarz anstatt weiß, und wenn es auch nicht gerade schön aussah, so war es doch beruhigend, zu wissen, daß er jetzt dort gehen konnte, ohne auszugleiten.

Allmählich wurde es meine Hauptsorge, daß er sich draußen so behaglich und sicher fühlte wie drinnen, daß er den bequemsten Stuhl bekam und seine Wünsche auch in bezug auf das Essen berücksichtigt wurden. Das machte keine besondere Mühe, denn er aß fast ausschließlich Hammelfleisch. Mein Benehmen war mir selbst unverständlich. Niemals zuvor hatte ich die Neigung verspürt, so diensteifrig und gehorsam zu sein, so demütig dazustehen und die Magd zu spielen. Aber ihm gegenüber fühlte ich mich von Anfang an schwach und willenlos.

Die andern Gäste bemerkten überrascht, wie ich mich

verändert hatte. Es war offensichtlich, daß mir der Hof gemacht wurde, und ebenso offensichtlich, daß ich es mir gern gefallen ließ. Wie ganz anders hatte ich mich dem Domherrn gegenüber benommen, der mir doch auch den Hof gemacht hatte. Ihm hatte ich die kalte Schulter gezeigt, und jetzt war ich plötzlich weich wie Wachs. Für ihn war keine Asche auf den Weg gestreut worden, noch hatte ich ihm seine Lieblingsgerichte vorgesetzt, und an den Abenden hatte er schweigsam in einer Ecke gesessen und vorgetäuscht, Hibbert's Journal zu lesen, während ich mich, betont lebhaft, in der andern Ecke des Zimmers mit den übrigen Gästen unterhielt.

Es war also nur natürlich, daß diejenigen meiner Gäste, die schon die Domherrn-Episode miterlebt hatten, die auffällige Veränderung, die mit mir vorgegangen war, mit Interesse verfolgten. Sie bewiesen ein Taktgefühl, das sie nur allzu deutlich betonten, indem sie mich mit dem neuen Gast absichtlich allein ließen. Wenn sie eine Tür öffneten und uns zusammensitzen sahen, machten sie sie hastig und um Entschuldigung bittend wieder zu. Man sonderte uns förmlich ab, was Coco, der stolz und glücklich zwischen uns saß, selbstverständlich zu finden schien, und selbst an den Abenden, wenn das Wohnzimmer zwangsweise zum allgemeinen Aufenthaltsort wurde, zogen sich die andern, übertrieben taktvoll, in die verschiedenen Ecken zurück.

»Sehen Sie, die andern haben schon begriffen, daß Sie zu mir gehören«, sagte »mein Schicksal« an einem solchen Abend zu mir und fügte im gleichen Atemzuge hinzu – denn er gehörte zu denen, die gleichzeitig die verschiedensten Gedanken haben können –, während er

Coco die Hand auf den Kopf legte: »Sie sollten dem Hund geschabtes rohes Pferdefleisch geben!«

»Göttliche Harmonie...«, murmelte ich darauf vor mich hin, aber mit welch anderen Gefühlen als an jenem Abend, an dem ich damit nur meinem bedrückten Herzen Luft gemacht hatte. Und im stillen begann ich mir einzureden, daß eine Witwe doch nur ein halber Mensch sei.

Wenn ich nicht von Hunden erzählte, würde ich mich an dieser Stelle etwas ausführlicher über Witwen äußern. Seitdem ich zum zweitenmal eine geworden bin, habe ich viel darüber nachgedacht. Es gibt nichts, was ich nicht von ihnen weiß, und heute stehe ich auf dem Standpunkt, daß eine Witwe, weit davon entfernt, nur ein halber Mensch zu sein, im Gegenteil die einzig vollkommene Vertreterin ihres Geschlechts ist.

Aber nach dieser Abschweifung will ich zu Coco zurückkehren. Wenn er nicht gewesen wäre, würde ich die Ereignisse, die meiner zweiten Heirat vorausgingen, mit Schweigen übergehen. Da er aber so viel Anteil daran hatte, kann ich mich nicht so kurz fassen, wie ich es sonst getan hätte. Er schien überglücklich, daß jemand sich mit ihm in die Aufgabe teilen wollte, mich zu beschützen. Und er schien völlig vergessen zu haben, wie froh und zufrieden wir beide allein miteinander gelebt hatten.

Ich muß gestehen, daß ich manchmal daran zurückdachte, zum Beispiel nachts, vor dem Einschlafen, wenn ich, von der ununterbrochenen Gegenwart eines andern Menschen befreit, endlich wieder Herrin meiner selbst und meiner Gedanken war. Dann überkam mich eine

Art Schwindelgefühl, das ich nur bannen konnte, indem ich mir Cocos Begeisterung vergegenwärtigte. Ich versuchte, das Unbehagen, das mich überkommen wollte, dadurch loszuwerden, daß ich mich, allen früheren Erfahrungen zum Trotz, auf Cocos Instinkt verließ. So unsicher fühlte ich mich in diesen Augenblicken, und es war gewiß kein gutes Zeichen, daß ich, die ich im Begriff war, eine neue Ehe einzugehen, einer solchen Bestätigung bedurfte.

Dennoch steuerte ich unaufhaltsam darauf zu, und als das Wetter umschlug und die Gäste, »mein Schicksal« mit eingeschlossen, wie ein Haufen Blätter, die ein Windstoß zu Boden fegt, talwärts flohen und sich vor den beginnenden Frühlingsstürmen in die Obhut der Eisenbahnzüge flüchteten, mußte ich mich als versprochen betrachten. Doch obwohl ich mich so fügsam in mein Los ergeben hatte, empfand ich nichtsdestoweniger bei dem Gedanken, wieder allein zu sein, ein ungeheures Gefühl der Erleichterung.

Von der windigen Terrasse sahen Coco und ich die Scheidenden von dannen ziehen. Wir müssen ihnen wohl sehr verlassen vorgekommen sein, als sie abschiednehmend vom Wege noch einmal zu uns heraufblickten. Hinter uns das leere Haus, dahinter die an jenem grauen nebligen Morgen so gespenstisch wirkenden Umrisse der Berge und rings umher die schwankenden und wie klagend ächzenden Bäume.

Ja, wir müssen sehr verlassen ausgesehen haben, und ich konnte mir vorstellen, wie meine Gäste mitleidig dachten: »Das arme, kleine Ding!« Aber ich hatte es gar nicht nötig, bedauert zu werden. Ich war durchaus kein

»armes, kleines Ding«. Selbst während ich noch winkend auf der Terrasse stand, fiel es mir bereits schwer, mein betrübtes Gesicht beizubehalten, so schnell machte sich das Gefühl, von einem Druck befreit zu sein, in mir bemerkbar, und fast beschwingt lief ich ins Haus zurück, in das wundervoll ruhige und leere Haus, und fühlte mich nicht die Spur unglücklich.

Meiner Erfahrung nach ist es eine Tatsache – und es wäre töricht, es zu leugnen –, daß die Lücke, die durch die Abreise eines Menschen entsteht, ihr Angenehmes für sich hat. Und besonders trifft das bei der Lücke zu, die ein Liebhaber hinterläßt. Wenn man lange Zeit beständig mit ihm zusammengewesen ist, fühlt man das Bedürfnis, sich zu erholen und etwas aufzufrischen, und das kann man nur in seiner Abwesenheit tun. Deshalb empfand ich sein Fortgehen als eine Wohltat. Das Herz wurde mir leicht. Mein eigenstes Selbst, das so lange unterdrückt worden war, kam wieder zum Vorschein. Und das erste, was ich tat, als ich das leere Haus betrat, war, zu klingeln und der »jeune fille« zu sagen, daß es mit dem ewigen Hammelfleisch ein Ende habe, und mir zum Mittagessen ein Spiegelei zu bestellen.

So eine neuerwachte Selbständigkeit ist etwas sehr Schönes, aber es ist nicht gerade das, worüber man sich freuen sollte, wenn man daran denkt, sich wieder zu verheiraten. Allmählich wurde mir klar, daß etwas bei mir nicht stimmte und daß das Vergnügen, das ich über mein Alleinsein empfand, sicherlich eine Mahnung war, daß ich meinem Witwentum treubleiben sollte. Warum hätte ich sonst nach dem ersten natürlichen Aufatmen, das, wie ich behaupte, jeder Abreise folgt, meinen Verlobten so wenig vermißt? Das konnte nicht die wahre Liebe sein, die eine so tiefe Befriedigung über die Abwesenheit des Geliebten auslöste! Damals zweifelte ich noch, aber heute weiß ich, daß es nicht die wahre Liebe war, denn seitdem hat es in meinem Leben Zeiten gegeben, in denen ich Menschen so schrecklich vermißte, daß ich mich nicht von der Stelle rühren konnte, wo ihre Mäntel gehangen hatten, und den Garderobenhaken streichelte, auf dem sie ihre Hüte aufzuhängen pflegten. Wie angewurzelt stand ich da und starrte den leblosen Haken an, während ich der Vergangenheit nachtrauerte, wie alle jene, die einen Verlust zu beklagen haben, und sehnsüchtig vor mich hinmurmelte: »Gestern um diese Zeit waren wir noch zusammen... noch vor einer Woche...«, und ähnliches mehr.

Aber damals war nur Coco es, der der Vergangenheit nachtrauerte, der schnuppernd vor der Garderobe stehenblieb und an der Tür des Zimmers kratzte, in dem mein Verlobter geschlafen hatte, während ich, meiner Arbeit zurückgegeben und täglich mehr von dem beglückenden Wohlgefühl erfüllt, das die Arbeit immer in mir wachruft, mich einem Zustand solch vollkommener Wunschlosigkeit näherte, daß ich über künftige Ehemänner kaum mehr nachdachte. Ich fragte mich nur, was denn in aller Welt gerade ich damit anfangen sollte. Überdies kamen, da ich weiterhin auf Spiegeleiern zum Mittagessen bestand, auch meine Finanzen bis zu einem gewissen Grade wieder in Ordnung, die Wochenrechnungen hatten keine Schrecken mehr für mich, und in wenigen Wochen würde das Osterfest da sein und mit ihm das gute Wetter, die Ferienzeit und glückliche Kinder – das Leben schien wirklich mit jedem Tag schöner zu werden!

Eines Abends, als ich in meinen Büchern kramte, geriet mir zufällig ein Band von Goethes Werken in die Hände, und als ich ihn aufs Geratewohl aufschlug, fiel mein Blick auf den Ausspruch, daß im *Wahren, Guten, Schönen resolut zu leben* das einzig Sinnvolle sei, was ein Mensch tun könne.

Das gab den Ausschlag. Diese wenigen Worte erfüllten mich mit einer eigentümlichen Begeisterung. So wollte ich leben, gelobte ich mir, während ich das Buch wie einen kostbaren Schatz an mich preßte – als eine Witwe, die die Erinnerung an ihr vergangenes Glück hochhielt, an all die Güte und Nachsicht, die ihr in dem einstmaligen Heim im fernen Pommern zuteil geworden war, eine Witwe, die nur mehr dem Gedächtnis dessen leben wollte, den sie verloren hatte, und alles tun, um den Rat seines großen Landsmannes zu beherzigen.

Das schloß natürlich eine zweite Heirat aus, denn wer kann in seinem Herzen einem Toten ein Denkmal errichten und gleichzeitig an eine neue Ehe denken? Das würde zum mindesten taktlos sein, wenn nicht noch etwas viel Schlimmeres; darum dachte ich, daß ich, ehe ich damit begann, mein Vorhaben in die Tat umzusetzen, meinem Verlobten schreiben und ihm erklären müsse, wie es um mich stand.

Ich schrieb ihm noch am selben Abend. Inzwischen hatte ich mehrere Briefe von ihm erhalten, die alle die gleiche ruhige Zuversicht atmeten, diese selbstverständliche Gewißheit, daß zwischen uns alles im klaren sei, die so viel dazu beigetragen hatte, mich zu dem unterwürfigen Geschöpf zu machen, das ich in seiner Gegenwart gewesen war. Bisher war ich in meinen Antworten nicht darauf eingegangen und hatte vorwiegend über das Wetter geschrieben. Doch wenn ich die Absicht, auf Goethes wundervollen Spuren zu wandeln, wahrmachen wollte, mußte ich natürlich in erster Linie ihm gegenüber, der sich als meinen Verlobten betrachtete, resolut sein; und ich schrieb ihm, so schonend wie möglich, daß es wohl nicht nur im allgemeinen besser sei – Höflichkeit und Rücksichtnahme lassen uns oft weniger entschlossen erscheinen, als wir es wirklich sind –, daß eine Witwe nicht wieder heirate, sondern auch im besonderen, und daß dies auch für mich zuträfe, zumal ich glaubte, daß ich mich nicht für die Ehe eigne oder, genauer gesagt, nicht für eine zweite Ehe und daß ich es daher nach reiflicher Überlegung für richtiger hielte, da ich ja überdies auch nicht mehr die Jüngste wäre, schön allein zu bleiben.

Daraufhin bekam ich einen Brief, worin er mich bat, ihm doch zu erklären, was ich mit dem Wort »schön« gemeint habe.

Ich konnte es nicht. Erklärungen sind nie meine Stärke gewesen, und ich fürchtete, daß der Versuch, seiner Bitte zu willfahren, womöglich dazu führen könnte, einen Schatten auf das Andenken meines verstorbenen Mannes zu werfen; so ließ ich seine Frage unbeantwortet und erzählte ihm statt dessen von Goethe und der Richtschnur, die dieser weise Mann für sein Leben aufgestellt habe, eine Richtschnur, die auch ich mir zu eigen gemacht hätte und die den Gedanken an eine neue Heirat ausschlösse.

In dem Bestreben, mich verständlich zu machen, und voller Eifer für die gute Sache, setzte ich ihm auseinander, daß es wahrscheinlich keine zwei Menschen auf der Welt gäbe, die im selben Augenblick in bezug auf dieselbe Sache den gleichen Entschluß fassen würden – daß das, was dem einen *wahr* und *gut* und *schön* erscheine, dem anderen durchaus nicht wahr und gut und schön erscheinen müsse, besonders dann nicht, wenn der andere schlecht geschlafen habe oder an Appetitlosigkeit leide. Aber mir hätte schon allein das Wort *resolut* neue Kräfte verliehen, als ob ich mich einer Blutübertragung unterzogen hätte, und ich sähe nun deutlich, was meinen eigentlichen Lebensinhalt ausmache! Für mich sei das Wahre meine Arbeit, das Gute meine Kinder und das Schöne, mich resolut nur mehr diesen beiden zu widmen. Ich hoffte, schrieb ich, daß er mich in guter Erinnerung behalte, und ich wünschte ihm alles erdenkliche Gute. Ich wünschte ihm, daß er mit einer anderen Frau, die seiner Liebe würdiger sei, so glücklich würde, wie man es nur werden kann, und ich schloß mit der Versicherung, daß ich ihm eine gute Freundin bleiben und seiner stets herzlichst gedenken werde.

Es war ein sehr schöner Brief, dachte ich. Vielleicht hätte ich noch hinzufügen sollen, daß ich ihm eine Schwester sein wolle, aber das war mir im Augenblick nicht eingefallen. Aber auch ohne dies fand ich den Brief sehr schön, und ich muß gestehen, daß es mich überraschte und kränkte, als er mir darauf lediglich mit einer Postkarte antwortete.

Wenn ich nach London käme, stand auf der Karte, würden wir uns über alles in Ruhe aussprechen.

Wenn ich nach London käme? Aber ich hätte gar nicht die Absicht, nach London zu fahren, erwiderte ich – ebenfalls auf einer Postkarte, denn ich sagte mir in begreiflicher Empörung, daß das, was dem einen recht, dem anderen nur billig sei.

Daraufhin hüllte er sich in Schweigen. Nun, *schön*, dachte ich, als die Tage vergingen und Coco, der die Post in einem Körbchen vom Dorf zu uns herauftrug, mir niemals einen Brief von ihm brachte, von ihm, der vorgegeben hatte, mich zu lieben. Dann bekam ich es mit der Angst, daß er mich, um eine Aussprache herbeizuführen, plötzlich mit seinem Besuch überfallen würde, und ich überlegte, wo ich mich in diesem Fall vor ihm verbergen könnte. Aber diese Befürchtung war ganz überflüssig, es geschah nichts dergleichen, er kam weder, noch schrieb er wieder.

Später fand ich heraus, daß er nur seine Zeit abwartete und daß es ihm gar nicht darauf ankam, wie lange es dauerte, wenn er nur bekam, was er haben wollte. Aber damals wußte ich das noch nicht, und da ich ebenso begierig danach war, wie die meisten anderen Frauen es sind, »meinen Kuchen aufzuessen und ihn doch ganz zu behalten«, war ich zunächst überrascht, dann empört und schließlich betrübt. Was für einen schönen, langen und herzlichen Brief hatte ich ihm geschrieben – und er schickte mir nur eine schäbige Postkarte! Wohl hatte ich mich von ihm lösen wollen, aber doch nicht auf diese Weise! Ich wurde wirklich sehr traurig, und allmählich überkam mich solche Schwermut, daß ich mir einredete, in der ganzen Welt gäbe es keinen einzigen Menschen, der mich wahrhaft liebte. So verlassen fühlte ich mich, daß ich in die Garderobe ging, wo sein Mantel gehangen hatte – natürlich nur, um Coco daraus zu verscheuchen und ihn einen törichten Hund zu schelten.

Ende März, als der Sturm sich endlich zu legen begann, fanden wir das erste Veilchen.

Ich sage wir, denn obwohl Coco es weiter gar nicht beachtete, war er es doch, dem ich diese Entdeckung verdankte, da er auf unserem Spaziergang plötzlich aus mir unbekannten Gründen auf den Felsblock zulief, auf dem ich im Winter zu sitzen pflegte, wenn ich der Mutter, der Tochter und den beiden Söhnen entfliehen wollte; und dort lugte, den kleinen Stengel zur Sonne gewandt, unter dem Stein ein Veilchen hervor.

Das war ein Ereignis. Was der Ölzweig im Schnabel der Taube für Noah bedeutete, bedeutete dieses erste Veilchen für mich. Es bedeutete Hoffnung und neue Zuversicht. Mit dem Winter war es endgültig vorbei. Bald würde auch der letzte Schnee vergehen, der noch in schattigen Winkeln auf der Erde lag, und es für viele Monate nur mehr Sonnenschein und Wärme geben.

Ich kniete bei der kleinen Blume nieder und hätte sie am liebsten gestreichelt. Diejenigen, die ein Treibhaus besitzen oder in deren Nähe sich ein Blumenladen befindet, werden diese Regung für närrisch halten, aber ich kann ihnen versichern, daß sie einem begeisterten Herzen entsprang, und mein Entzücken über diesen ersten Frühlingsboten ließ mich ein neues Gelübde ablegen. Genau so, wie dieses Veilchen sich zur Sonne wandte, wollte ich mich einer Zukunft zuwenden, die nur mehr eitel Glück und Freude sein sollte. Alle guten Vorsätze, die kläglicherweise eine kurze Zeit lang ins Wanken geraten waren, wurden wieder lebendig, und obwohl Coco und ich bereits geraume Zeit unserem Schicksal nicht mehr nachtrauerten, wurden wir doch erst in diesem bemerkenswerten Augenblick wieder ganz die Alten.

Hier war neues Leben, Leben, das von der Dunkelheit zum Licht emporgewachsen war; ein Vorgang, dachte ich, der einer Flucht gleichkam. Jetzt wußte ich, was das für ein Gefühl gewesen war, das ich an jenem Abschiedsmorgen empfand – nicht das Gefühl, etwas hinausgeschoben zu haben, wie ich damals geglaubt hatte, sondern das unzweideutige Gefühl, einer Gefahr entronnen zu sein, wie ein Vogel dem Netz des Vogelstellers.

Nun folgte eine glückliche Zeit, die ich in dem frohen Bewußtsein verlebte, daß ich mit meiner Arbeit vorankam und daß jeder Tag mich den Ferien und meinen Kindern näher brachte. Jetzt konnte ich wieder ohne Gewissensbisse an die Kinder denken und lächelte nur mehr über die Zeit, in der ich verliebten Schmeichelworten mein Ohr geliehen und mir eingeredet hatte, eine Witwe sei nur ein halber Mensch.

Ein halber Mensch? Im Gegenteil, niemand konnte sich von dem Augenblick an, in dem ich das Veilchen fand, so vollwertig fühlen wie ich, und als ich eine Woche später, ganz von Mutterliebe erfüllt, frohen Herzens ins Tal hinunterstieg, um meine kleine Schar von der Bahn abzuholen, gelobte ich mir, daß unser Haus von nun an kein anderes Glück kennen sollte als das ihre.

Von nun an! Wenn ich jetzt an dieses zuversichtliche »Von nun an« zurückdenke, muß ich lächeln und kann einen kleinen Seufzer nicht unterdrücken. Nach jenen

Ferien sollte es kein solches »Von nun an« mehr geben. Coco, der uns immer schon mit lautem Gebell zu begrüßen pflegte, bevor der Wagen noch in Sicht war, sollte nicht mehr an der Wegbiegung, wo wir ausstiegen, auf uns warten, um uns die kleineren Pakete abzunehmen und hinaufzutragen. Niemals wieder sollte es ein so glückseliges Heimkommen geben wie damals zu Ostern, als wir alle, mit erhobenen Stimmen fröhlich durcheinander redend, durch die Felder gingen, auf denen der Schnee schon halb geschmolzen war, vorneweg unser kluger Hund, der stolz die Pakete im Maul trug, und hinterdrein ich, an jedem Arm ein Kind, während die andern sich so dicht wie möglich an uns drängten. Wenigstens haben wir diese letzten Ferien in den Bergen in vollen Zügen genossen; es kümmerte uns nicht, daß es noch so kalt und der Boden noch gefroren war, daß es wieder zu schneien begann und daß, obwohl Ostern in jenem Jahr in den April fiel, die Knospen der Bäume noch nicht daran dachten, aufzubrechen.

Was machte das uns aus? Warum sollten wir, die wir so glücklich waren, wieder beisammen zu sein, uns über das noch fehlende junge Grün aufregen? Wir aßen deshalb doch draußen auf der Terrasse und benahmen uns ganz so, als wäre es wirklich Frühling, und lachten nur darüber, wenn ein frecher ungestümer Wind so heftig an unserm Tischtuch zerrte, daß die Schüsseln den Abhang hinunterrollten.

Wie waren wir glücklich! Und wie gut war es, daß ich in Anbetracht meiner Geldsorgen die Kinder gebeten hatte, dieses Mal jedes nur einen Freund oder eine Freundin mitzubringen. Auf diese Weise waren wir ein noch leicht übersehbarer Kreis und hatten viel mehr voneinander, als wenn die Kinder zehn Freunde mitgebracht hätten. Wie gut war es doch, daß wir uns so sorglos und unbekümmert in diesen Wochen unseres Lebens freuten und jede Minute auskosteten; denn es war das Jahr 1914 und die letzten Ostern in Friedenszeiten und zugleich unsere letzten und ersten Ostern, die wir kindlich vergnügt in diesem Schweizer Haus verbrachten, das eigentlich für Jahre des Glückes gebaut worden war.

Ich sage »kindlich vergnügt«, weil es mir heute so vorkommt, als sei auch ich damals noch ein halbes Kind gewesen.

Ich gestehe es nicht gern, aber es bedurfte wirklich erst des Weltkrieges und meiner zweiten Ehe, um mich zu einem in jeder Hinsicht erwachsenen Menschen reifen zu lassen. Noch waren es vier Monate bis zum Ausbruch des Weltkrieges, und mein zweiter Gatte, der ruhig seine Zeit abwartete, war auch in weiter Ferne, als wir durch diese letzten Ferien tollten und ich mich genauso herzlich wie die Kinder darüber freute, wenn der Wind unser Tischtuch zu packen kriegte. Der geringste Anlaß brachte uns zum Lachen, über jede Kleinigkeit krähten wir förmlich vor Vergnügen. Begeistert ergriffen wir jede Kleinigkeit, um Dummheiten zu machen. Das Leben lag so heiter vor uns wie ein sonniger Frühlingsmorgen. Es war nichts als Übermut und Ausgelassenheit, die lauten Jubel auslöste, wenn Coco und ich um die Wette einem davonrollenden Teller nachliefen, während die Kinder uns von der Terrasse aus mit lebhaften Zurufen anfeuerten.

Schöne närrische, unwiederbringliche Ferienzeit, in

der wir uns so ganz einer herrlichen Albernheit überlie-
ßen! Als ich wieder allein war, schien der Jubel noch
lange im Hause nachzuklingen, als sei er für immer in
seine Mauern eingedrungen.

Zufrieden und glücklich nahm ich meine Arbeit wieder auf, freute mich schon auf die nächsten, die langen
Sommerferien, und täglich machte ich mit Coco die
schönsten Spaziergänge in dieser, jeden Tag in neuen
Farben erstrahlenden Landschaft. So verging der Mai, so
verging der Juni, und immer wurde alles noch schöner.
Zum erstenmal erlebte ich solche blühenden Bergwiesen,
und ich beglückwünschte mich, daß ich unser Zelt gerade
in diesem Erdenwinkel aufgeschlagen hatte. Ich hatte
wirklich allen Grund, mit unserem Heim zufrieden zu
sein, und oft blieb ich unterwegs stehen und blickte zu
dem Haus mit den blauen Fensterläden zurück, das sich
so schmuck von dem Bergrücken abhob, und freute mich
an dem Kranz von Iris, die ich auf der Terrasse gepflanzt
hatte und die gerade aufzublühen begannen. Ich hätte,
dachte ich, während meine Blicke es zärtlich umfingen,
wirklich keinen besseren Platz für das Haus finden können. Wie viele glückliche Jahre würden wir noch darin
verleben können, bis die kleinen Mädchen herangewach-
sen sein und, eine nach der andern, mich als Bräute verlassen würden. Und nicht lange, und ich würde Großmutter
werden und wieder kleine Kinder um mich haben anstatt
großer, und auch in diesen künftigen ruhigen Jahren
würde es einen Mai geben und Bücher und Hunde, um mir
Gesellschaft zu leisten – Bücher, die nur vom »Wahren,
Guten, Schönen« zu mir sprächen, und Hunde wie Coco,
der bis zu seinem Ende bei mir bleiben sollte.

Luftschlösser einer sorglosen Zeit! Ende Juni schon begannen sie sich aufzulösen. Wie der Nebel den Glanz der Sonne verdunkelt, überkam mich erst Zweifel, dann Unruhe und schließlich richtige Furcht; und als ich einen Monat später, anstatt die Kinder zu mir kommen zu lassen, schweren Herzens und voll düsterer Vorahnungen zu ihnen nach England fuhr, war Coco das letzte, was ich von unserm Haus in den Bergen sah.

Sorgsam am Griff gepackt, hatte er mir meinen kleinen Handkoffer im Maul hinuntergetragen bis zu der Stelle, wo der Einspänner auf der Landstraße wartete, der mich ins Tal bringen sollte. Er fühlte ganz genau, daß ich ihn verlassen wollte, und vielleicht dachte er, daß ich ohne meinen Koffer so etwas Schreckliches nicht tun würde, denn als der Augenblick des Abschieds kam, ließ er ihn nicht los. Aber schließlich gab er ihn doch her. Er war viel zu höflich und wohlerzogen, um sich meinen Entschlüssen zu widersetzen. So hielt er ganz still, als ich ihm das Köfferchen fortnahm, und blieb regungslos stehen; seine traurigen Augen, seine hängenden Ohren und sein nicht mehr wedelnder Schwanz drückten alles aus, was er nicht sagen konnte.

So ließ ich ihn zurück, und ich werde das Bild nie vergessen, wie er da einsam auf der leeren Straße stand und mir nachsah, als mich der Wagen davontrug, fort von ihm in ein Leben, das mir jahrelang so viel Sorge und Leid bringen sollte – mein schöner Hund, mein guter Freund, mein treuer Beschützer, mein Hund, den ich so geliebt und an dem ich ebenso gehangen hatte wie er an mir. Und als ich ihn fünf Jahre später wiedersah, lag er im Sterben.

Mit Cocos Tod war es eine merkwürdige Sache. Nicht sein Tod an sich – denn der war durch die törichte Gedankenlosigkeit des Dieners nicht mehr aufzuhalten –, sondern wie er starb. Selbst heute, nach so langer Zeit, überwältigt mich die Erinnerung daran.

An dem Tage, als ich mein Haus in den Bergen, das ich vor fünf Jahren an jenem schönen Sommerabend verlassen hatte, wieder betrat, tobte ein heftiger Schneesturm. Inzwischen hatte man die Eisenbahnstrecke bis zu einer höher gelegenen Station fortgeführt, und als ich dort ausstieg, erwartete mich zwar der Diener, aber kein Coco.

Im ersten Augenblick nahm ich an, daß man ihn wegen des Schneesturms zu Hause gelassen hätte, aber dann erinnerte ich mich, daß er ja von Geburt an jede Art Wetter gewöhnt war, und da mich die Ereignisse der letzten Jahre sehr schreckhaft gemacht hatten, fragte ich erregt: »Und Coco? Wo ist Coco?«

»Er ist nicht ganz auf dem Posten«, sagte der Diener.

»Was fehlt ihm denn? Haben Sie den Tierarzt geholt?«

»Noch nicht. Da ich wußte, daß die gnädige Frau kommt, habe ich noch gewartet.«

Gewartet! O dieser Dummkopf! dachte ich, als ich mit vor Angst klopfendem Herzen meinem Hause zustrebte; man mußte sich förmlich durch den Sturm durchkämpfen; der Schnee blendete mir die Augen, und immer wieder glitt ich aus.

»Aber in Ihrem letzten Brief haben Sie mir nichts davon geschrieben«, schrie ich der hinter mir herkeuchenden Gestalt zu.

»Vor drei Tagen war er noch ganz mobil«, kam die Antwort, die der Wind fast verschlang.

»Wo ist er?«

»In seiner Hütte. Ich glaube, er kann nicht mehr aufstehen.«

Ich eilte weiter, stolpernd und rutschend. O dieser Idiot! Nicht sofort nach dem Tierarzt zu schicken, nicht alles zu tun, um meinen Hund...

Das letzte Stück bis zum Hause ist sehr steil, und zweimal stürzte ich, weil es so glatt war, bis ich endlich die Stufen zur Terrasse erreichte und auf die Tür zulief.

Obwohl ich kaum noch Atem hatte, begann ich, oben angelangt, zu pfeifen und zu rufen.

»Coco! Coco!« rief ich. »Liebling, ich bin wieder da!«

Und plötzlich sah ich etwas Großes, Dunkles auf der Schwelle liegen, über das ich fast gestolpert wäre, und im Näherkommen sah ich: es war Coco! Er hatte sich vor die ganze Breite der Tür gelegt, so daß ich ihn unbedingt bemerken mußte, wenn ich ins Haus wollte.

Irgendwie hatte er es fertiggebracht, sich hierher zu schleppen. Er mußte gewußt haben, daß ich zurückkehrte und daß der Diener zur Bahn gegangen war, um mich abzuholen, und mit allerletzter Kraft war er aus seiner Hütte gekrochen, um mich zu begrüßen.

»Coco!« flüsterte ich, und einen Augenblick blieb mir das Herz stehen, als ich ihn so sah. »Lieber Coco!«

»Es ist nicht zu begreifen«, hörte ich eine Stimme wie aus weiter Ferne hinter mir, »wie der Hund es angestellt hat, bis hierher zu kommen. Seit drei Tagen lag er unbeweglich in seiner Hütte.«

Ich kniete bei ihm nieder und nahm seine Pfote in meine Hand. Er wedelte ganz schwach mit dem Schwanz und versuchte, den Kopf zu heben, aber er bekam ihn nicht hoch und sah mich nur an.

Einen Augenblick, einen ganz kurzen Augenblick lang sahen wir einander an, dann brachen seine Augen.

»Coco – ich bin doch bei dir! Liebling, hör doch – ich werde dich auch nie wieder verlassen –«

Ich weiß nicht, warum ich das sagte. Ich wußte, er war tot, und kein Rufen, kein Klagen und keine Liebe konnten ihn mehr erreichen.

Ich kauerte mich auf die Fliesen neben ihn, legte meinen Kopf auf den seinen und weinte bitterlich. Nun war ich wirklich ganz allein in der Welt. Selbst mein Hund war von mir gegangen.

Pincher

Es führt zu nichts, ewig um die Toten zu weinen. Ich habe deren viele betrauert, seit ich mich zum erstenmal an jenem Sommertag von Coco trennte, bis zu dem Tag, an dem ich während des Schneesturms für immer von ihm Abschied nahm. Ich möchte darüber nichts weiter sagen, als daß ich nicht geahnt habe, wieviel Leid einem Menschen aufgebürdet werden kann. Was hat es für einen Sinn, vergangene Schmerzen aufzuwühlen und anderen von seinem Kummer zu erzählen? Es ist besser, nicht daran zu rühren und sie mit Schweigen zu übergehen. Wir müssen uns mit unserm Leid abfinden und wieder dem Leben zuwenden und dürfen uns nicht vor einem neuen Glück verschließen, das das Leben vielleicht noch für uns bereithält.

Wohl gab ich mir während der nächsten Monate alle Mühe, diesen Rat zu beherzigen, aber Leid sitzt fest, und man kann es nicht so leicht loswerden wie eine Klette, die an einem hängengeblieben ist. Nur die Zeit kann diese Wunden heilen, und wer weiß, wie lange Zeit einem noch zu leben vergönnt ist?

Es schien, daß mir vom Schicksal noch viel Zeit vergönnt war. Zwar lag mir nichts mehr am Leben, aber vielleicht wollte der Tod gerade deshalb noch nichts von mir wissen. Und heute bin ich glücklich darüber, denn wenn ich damals mein Leben beendet hätte – wieviel Schönes wäre mir versagt geblieben! Darum ist es weise, nicht gleich die Geduld zu verlieren, sondern unsern Lebensweg tapfer fortzusetzen und abzuwarten, was unser noch harren mag.

Ich mußte eine ganze Weile warten. Mehr als vier Jahre vergingen nach Cocos Tod, ehe Pincher in mein Leben trat. Wenn man einen Hund so geliebt hat, wie ich Coco liebte, dann kann man den Gedanken nicht ertragen, ihm einen Nachfolger zu geben. Und doch, das einzige Mittel, seinen Kummer zu vergessen, ist ein neuer Hund – und je schneller man ihn bekommt, um so besser!

Aber ich war so töricht, daß ich beinahe fünf Jahre lang ganz ohne Hund lebte. Was für eine verlorene Zeit! Es soll gewiß nicht wieder vorkommen. Vielleicht hätte meine Hartnäckigkeit noch länger gedauert, wenn nicht ein wohlmeinender Freund – in der Erkenntnis, daß ich einen Lebensgefährten brauchte, dieser aber kein Ehegatte sein durfte, weil er wußte, daß ich meinem zweiten Mann fortgelaufen war – zu dem Schluß gekommen wäre, daß dieser Lebensgefährte ein Hund sein müsse, und daraufhin Pincher in eine Kiste gesteckt und ihn mir zugesandt hätte.

Ich bewohnte damals ein winziges Landhaus in New Forest und lebte so zurückgezogen, daß ich kaum jemals einen Besuch empfing. Als ich daher eines Tages einen Fuhrmann vor meiner Gartenpforte anhalten sah, war ich der Meinung, daß er sich verfahren hätte und daß die Kiste, die er mir ins Haus trug, unmöglich für mich sein könne.

»Lebender Hund«, sagte er, indem er die Kiste behutsam zu Boden setzte.

Lebender Hund? Ich erwartete keinen lebenden Hund, und ich sagte ihm, daß er sich wohl in der Adresse geirrt haben müsse.

»Sind Sie die, oder sind Sie die nicht?« fragte er und hielt mir den Frachtbrief vor die Nase.

»Ja, die bin ich«, antwortete ich verdutzt.

»Dann lassen Sie ihn raus, und geben Sie ihm was zu trinken«, sagte der Fuhrmann lakonisch und wandte sich zum Gehen. »Pincher heißt er«, drehte er sich noch einmal um, »steht auch auf dem Frachtbrief.« Dann kletterte er auf seinen Wagen, und weg war er.

Pincher, der diese Unterhaltung mit angehört hatte, begann ein großes Rumoren in seiner Kiste, denn er war durstig und wußte genau, was das Wort »trinken« bedeutete. Wer immer ihn mir geschickt haben mochte, und welchen Zweck der Absender damit verfolgt hatte – das wichtigste war zunächst, daß der Hund aus der Kiste befreit wurde und Wasser bekam. Deshalb rief ich nach meiner Aufwartefrau, daß sie mir helfen solle. Mit vereinten Kräften lösten wir die Latten und ließen ihn heraus – das heißt, er zwängte sich selbst durch die Öffnung, ehe wir noch den ganzen Deckel abgehoben hatten. Und es läßt sich nun einmal nicht abstreiten, daß ich eine Hundenärrin bin, denn kaum hatte ich ihn gesehen, hatte ich ihn auch schon in mein Herz geschlossen.

Ich hockte mich auf den Fußboden und folgte ihm bewundernd mit den Augen, wie er im Zimmer herumsauste und alles beschnupperte. Er sprang auf jeden einzelnen Stuhl, von den Stühlen auf das Sofa und unterzog alle Möbel einer genauen Untersuchung. Schließlich sprang er mir auf den Schoß, beschnupperte mein Haar und mein Kleid und war völlig außer Rand und Band.

»Du bist aber ein komisches liebes Kerlchen«, rief ich lachend und versuchte, das kleine Wollknäuel zu streicheln – er hatte ein sehr dichtgelocktes, krauses Fell –, aber es gelang mir nicht, weil er mir immer wieder entwischte.

Es war sehr charakteristisch für Pincher, immer in Bewegung zu sein. Niemals habe ich einen Hund gehabt, der so voller Leben und unersättlicher Neugierde war. Er konnte sich nicht einen Augenblick ruhig verhalten; und ich glaube, daß er selbst des Nachts, wenn er eigentlich, wie wir andern auch, hätte schlafen sollen, ein Auge offenließ, damit ihm nur ja nichts entginge und er sofort – falls sich irgend etwas ereignen sollte – dabei wäre.

Wie jenes erste Veilchen, von dem ich erzählte, war er der Vorbote einer besseren Zeit, und vom Tage seiner Ankunft an begann ich körperlich und seelisch wieder aufzuleben. Alles, was ich für ihn tat, schien auch mir gutzutun, ob ich nun sein Futter zurechtmachte oder mit ihm spazierenging. Wann immer die Gefahr eines Rückfalls in meine Schwermut drohte und sich ein neuer Anlaß bot, meinem Kummer nachzuhängen, holte ich mir einfach Pincher, bürstete ihm sein krauses Fell und spielte mit ihm. Wenn er auch nicht alle meine trüben Gedanken verscheuchen konnte – noch vermochte ich es nicht, der Vergangenheit in heiterer Gelassenheit gegenüberzustehen –, so gelang es ihm doch, mir bis zu einem gewissen Grade das seelische Gleichgewicht zurückzugeben, da sein Wesen eine heilende Wirkung auf mich ausübte und er es zuwege brachte, daß ich wenigstens nicht mehr mit meinem Schicksal haderte. Tatsächlich hatten unsere gemeinsamen Waldspaziergänge den Erfolg, daß ich mich schon nach einigen Wochen beinahe wie ein ganz neuer Mensch fühlte.

Aber er jagte Hühner. Zu meinem Entsetzen machte ich diese Entdeckung, als wir zum erstenmal einem begegneten. Wie Ingraban, der kein Wild ungeschoren lassen konnte, wie Prinz, der Schafe zerriß, verwandelte sich Pincher, sobald er ein Huhn erblickte, in einen blutgierigen Mörder. Das führte schließlich zu seinem Ruin. Ich sage schließlich, weil die Folgen seiner Jagdlust sich nicht plötzlich einstellten, wie es bei seinen Vorgängern der Fall gewesen war. Ihr folgte die Strafe nicht auf dem Fuße; und es war nur meiner eigenen Unwissenheit und Leichtgläubigkeit zuzuschreiben, daß ihn sein Geschick zwar langsam, aber sicher ereilte. Denn in allen Dingen, von denen ich nichts verstehe, bin ich sehr gutgläubig und lasse mir leicht etwas weismachen, und von Kastration verstand ich so gut wie gar nichts.

Ich hatte nur eine blasse Ahnung, daß sie beruhigend wirken sollte und daß diejenigen, die sich vor einem solchen Eingriff hemmungslos ihren Trieben hingaben, hinterher uninteressiert und gleichgültig wurden. Das war so ziemlich alles, was ich davon wußte. Andere Folgeerscheinungen waren mir jedenfalls nicht bekannt. Und erst als Pincher die beste Legehenne meines Nachbarn gejagt und ihr den Hals durchgebissen hatte – ein Huhn, das so wertvoll war, daß ich zwei Guineen dafür bezahlen mußte –, schien es mir unerläßlich, Pinchers Jagdtrieb einzudämmen.

Aber wie sollte man das anstellen? Die Erregung, die ein Huhn oder jede Art Federvieh mit einem ähnlichen Geruch in ihm auslöste, war so heftig, daß nichts ihn abhalten konnte, diese armen Geschöpfe zu verfolgen, außer wenn man ihn an die Leine nahm. Aber ein Spaziergang an der Leine ist wirklich kein Vergnügen für einen Hund und ebensowenig für den, der am anderen Ende der Leine hängt. Der Hund fühlt sich von der Leine gebremst und der Mensch fortgerissen. Und da ich einsah, daß ich ihn nur vor Prinz' Schicksal bewahren konnte, wenn ich ihn an die Leine nahm, begann nun für mich eine furchtbare Zeit, denn Pincher, der beständig den ihn so aufregenden Geruch der Hühner in der Nase hatte, zog derart kräftig an der Leine, daß mir nichts anderes übrigblieb, als ihm wohl oder übel durch Heide und Sumpf, über Felder und Wiesen, Gräben und Hecken zu folgen.

Ich war immer völlig erledigt, wenn wir von diesen Spaziergängen nach Hause kamen, während Pincher nicht eine Spur von Ermüdung zeigte. Eines Tages begegneten wir einem Wildhüter, der uns schon öfters beobachtet hatte und, wie alle andern in der Umgegend, wußte, daß ich meinem Nachbarn zwei Guineen für das totgebissene Huhn hatte bezahlen müssen. Als er mich so, an der Leine hängend, hinter Pincher herrasen sah, blieb er stehen und bemerkte grinsend: »Der hat's aber mal in sich!«

Diese Begegnung war nicht nur die Ursache, daß unsere anstrengenden Spaziergänge bald darauf ein Ende fanden, sondern auch die eigentliche Ursache, obwohl mir das damals noch nicht klar wurde, von Pinchers Ende. Er starb zwar erst drei Jahre später, aber der Tod warf bereits an jenem Tage seine ersten Schatten voraus.

»Mit der Zeit wird er schon ruhiger werden«, keuchte ich, um Pinchers guten Ruf besorgt.

»Der nicht! Nicht, bevor Sie es ihm haben wegbringen lassen!«

»Wegbringen?«

»Ich kenne diese Sorte, die ist unverbesserlich!«

»Aber...«

»Ein Freund von mir würde es im Handumdrehen für Sie tun.«

»Was tun?«

»Es ihm wegbringen.«

Ich sah den Mann verständnislos an. Er hatte sich zu Pincher herabgebeugt, streichelte ihn und sagte ein Mal ums andere, daß er ein feiner kleiner Kerl sei, aber heute glaube ich, daß seine Freundlichkeit nicht ganz echt war und er in erster Linie an seine Fasanen dachte und welche Gefahr Pincher für sie bedeutete. Damals jedoch war ich ihm für seine Anteilnahme nur dankbar.

»Das werden wir ihm wegbringen«, sagte er, während er Pincher aufs neue tätschelte, »dann wird er den Unfug schon bleibenlassen und ein wohlerzogenes Hundchen werden, meinst du nicht auch, alter Knabe? Wenn Sie sich nicht dazu entschließen können«, fuhr er, sich aufrichtend, zu mir gewandt fort, »werden Sie noch viele Hennen bezahlen müssen.«

»Wozu entschließen?«

»Es ihm wegbringen zu lassen.«

Ich begriff noch immer nicht und bat ihn, sich doch deutlicher auszudrücken. Er tat es. Würde doch jeden Tag gemacht, sagte er. Die Hunde merkten es gar nicht. Wären sofort wieder munter. Er hätte einen Freund, einen erstklassigen Tierarzt, der...

Und als Pincher das zweite Huhn auf dem Gewissen hatte – anscheinend eine leibliche Schwester seines ersten Opfers, denn es kostete mich wieder zwei Guineen –, wurde die Erinnerung an Prinz' schreckliches Ende in mir so lebendig, daß ich diesen Tierarzt aufsuchte und ihn um Rat fragte.

Er war derselben Ansicht wie der Wildhüter. Ein liebenswürdiger, vertrauenerweckender Mann, der einen blitzsauberen weißen Kittel trug und mir versicherte, daß diese kleine Operation wirklich völlig harmlos sei und daß ich mit meinem Hund nur endlose Scherereien haben würde, wenn ich sie nicht machen ließe. Ärger mit den Nachbarn, dauernde Geldforderungen für tote Hühner, erläuterte er, und eines Tages würde der Hund spurlos verschwunden sein, und was das bedeute, könne ich mir ja wohl denken.

Ich gab nach – es war das Schreckgespenst eines solchen spurlosen Verschwindens, das mich schließlich einwilligen ließ. Und es war auch so, wie der Wildhüter gesagt hatte: Pincher kam ganz vergnügt und munter wieder nach Hause. Es war ihm keine Veränderung anzumerken. Er war derselbe liebe kleine Hund geblieben; er beschnupperte mein Haar, versuchte, mir das Gesicht zu lecken, und machte sich mit demselben, vielleicht sogar etwas größerem Eifer an sein Fressen. Das einzige, was mir gleich an ihm auffiel, war, daß er nicht mehr auf die Stühle und überhaupt wenig sprang, aber das erwartet man ja auch nicht unbedingt von einem Hund, und ungeheuer erleichtert und zufrieden, dankte ich dem Wildhüter, als ich ihn wiedersah, aufs wärmste und bezahlte die Rechnung des Tierarztes mit wirklicher Begeisterung.

Aber kurze Zeit darauf bemerkte ich, daß mit Pincher eine merkwürdige Veränderung vorging. Er wurde zusehends dicker und schien mir stündlich an Gewicht zuzunehmen. Ich konnte ihn nur noch mit großer Mühe hochheben, so schwer war er geworden. Dieser Hund, der sonst keine Minute stillsitzen konnte, lag jetzt fast den ganzen Tag faul und unbeweglich auf dem Boden.

»Er frißt zuviel«, sagte ich mir, weil ich eine andere Erklärung nicht gelten lassen wollte. Sein Appetit war wirklich unheimlich. Hatte er früher während des Fressens eine Katze oder ein Kaninchen erblickt, hatte er vor lauter Jagdeifer seinen Napf sofort im Stich gelassen; jetzt aber, weit davon entfernt, solche männlichen Regungen zu verspüren, widmete er sich mit demselben Eifer ausschließlich seiner Mahlzeit.

Und wenn ich jetzt mit ihm spazierenging, bedeutete es keine Anstrengung mehr für mich. Langsam schlenderte ich durch den Wald, meine Hand, die früher mit aller Kraft die Leine festhalten mußte, hielt nun ein Stöckchen oder einen Blumenstrauß, und ein fetter, artiger Pincher trottete gemächlich hinter mir her. »Braver kleiner Kerl«, sagte der Wildhüter, als er uns so gesittet daherwandeln sah. »Was habe ich gesagt? Ist er nicht ein richtiger Gentleman geworden?«

Ach, er war mehr als ein richtiger Gentleman, er war eine richtige Lady geworden, nein, schlimmer noch als das, er hatte sich in eine naschhafte alte Tante verwandelt, die sich nur noch für die Freuden der Tafel begeistern konnte.

Allmählich dämmerte mir diese Erkenntnis auf, und es kam die Zeit, in der ich den Wald mied, um dem Wildhüter nicht zu begegnen, und das Dorf, weil ich den Anblick des Tierarztes nicht mehr zu ertragen vermochte. Auch Pincher wagte ich kaum ins Gesicht zu sehen, so sehr schämte ich mich, daß ich »es ihm hatte wegbringen lassen«.

Infolgedessen machten wir nur noch Spaziergänge in der nächsten Umgebung, und schließlich, als er noch fetter und schwerfälliger wurde, watschelte er nur mehr im Garten umher, von dem einzigen Gedanken beseelt – den ich ihm deutlich von seinen Augen ablesen konnte –, so schnell wie möglich ins Haus zurückzukehren, um sich dort nach etwas Eßbarem umzusehen.

Es war ein trübseliger Zustand, besonders trübselig für mich, die ich diesen Zustand heraufbeschworen hatte. Nachdem wir uns einige Wochen auf diese kümmerliche Weise Bewegung gemacht hatten und es draußen im Garten immer herbstlicher wurde, kam mir der Gedanke, daß, da nun einmal Watscheln unser künftiges Los sein würde, wir das doch auch in London tun könnten. Dort konnte ich wenigstens einige Freunde treffen und im Zusammensein mit ihnen vergessen, was ich Pincher angetan hatte. Es erschien mir sinnlos, inmitten der Wälder von New Forest wohnen zu bleiben und sie doch nicht betreten zu können. Was hat man schon von einer schönen Umgebung, die man nicht zu sehen bekommt? Wenn es auch ohne Zweifel wahr ist, daß Hunde auf dem Lande am besten aufgehoben sind, so trifft das doch nur für diejenigen zu, die sich noch im Vollbesitz ihrer Kräfte befinden, und da dies – durch meine Schuld – bei Pincher nicht der Fall war, schien mir London das einzig Richtige für ihn zu sein.

So dachte ich, und die Folge davon war, daß ich mit ihm nach London übersiedelte und mir eine Etagenwohnung nahm; denn in einer solchen Wohnung, glaubte ich, ließ sich selbst mit Pincher noch Staat machen. Seine Abneigung gegen jede Bewegung und die Tatsache, daß er fast nie einen Laut von sich gab, würden ihm die Sympathie der Nachbarn eintragen. Die Dienstmädchen würden ihn ins Herz schließen, sobald sie es herausgehabt hatten, wie wenig Mühe er machte. Die Liftboys würden nichts dagegen haben, einen so ruhigen Hund rauf und runter zu fahren, und ich konnte mir vorstellen, daß der Portier einem so wohlerzogenen Tier mit Vergnügen die Tür öffnen würde.

Meine Erwartungen wurden nicht enttäuscht – und noch im November desselben Jahres ging ich regelmäßig morgens mit Pincher den Themsekai entlang, während wir nachmittags unter den entlaubten Bäumen des

St.-James-Parkes promenierten. Um das ihm zugefügte Unrecht wenigstens einigermaßen wiedergutzumachen, sorgte ich stets selbst für ihn und ließ es auch nicht zu, daß jemand anders mit ihm ausging, und Pincher wurde mir sehr zugetan. Wenn ich mich auf einer Gesellschaft befand, legte er sich vor die Wohnungstür und rührte sich nicht von der Stelle, bis ich zurückkam.

Seine Anhänglichkeit war wirklich rührend, aber wenn man gerührt ist, so liebt man deshalb noch nicht, und ich muß gestehen, ich hatte aufgehört, ihn zu lieben. Er hatte zwar einen berechtigten Anspruch auf meine Zuneigung, aber Zuneigung läßt sich nicht erzwingen. Wie hätte ich ihn auch lieben können – da ich allein schon seinen Anblick als stummen Vorwurf empfand; obwohl Pincher, selbst wenn er hätte reden können, sicherlich niemals einen Vorwurf geäußert hätte. Er strahlte nichts als Zufriedenheit aus. Und das traf mich viel stärker, als wenn er mürrisch und übellaunig gewesen wäre.

Nein, ich liebte Pincher nicht mehr. Er war ein zu häßlicher und stumpfsinniger Hund geworden. Aber wenn ich ihn auch nicht lieben konnte, so konnte ich es doch vortäuschen, und er war nicht mehr klug genug, um das zu merken. Ich streichelte ihn häufig, und oft nahm ich, wenn ich eigentlich ausgehen wollte, ihm zu Gefallen meinen Hut wieder ab und blieb bei ihm, damit er sich behaglich schnarchend vor dem Kamin ausstrecken konnte, statt in der kalten Diele auf mich zu warten.

»Armer alter Pincher – armer kleiner Kerl«, flüsterte ich ihm dann mitleidig ins Ohr, während ich mich neben ihn auf den Boden setzte und seinen Kopf in meinen Schoß legte.

Der Freund, der ihn mir geschenkt hatte und dem Pinchers Veränderung – über deren Ursache ich beharrlich schwieg – ein Rätsel war, beobachtete erstaunt, wie Pincher immer dicker wurde, und sagte eines Tages kopfschüttelnd, daß mit dem Hund etwas nicht stimmen könne.

Diese Fettsucht, behauptete er, wäre einfach unnatürlich und zweifellos auf Pinchers träge Lebensweise zurückzuführen, die wahrscheinlich nur daher rühre, daß er keinen Spielgefährten habe. Ich solle mir doch noch einen zweiten Hund anschaffen, sagte er, der würde Pincher schon aus seiner Stumpfheit aufrütteln.

Aber ich wußte nur zu gut, daß der Fall hoffnungslos war, und da ich ihm den wahren Sachverhalt nicht mitteilen wollte, brachte ich mehrere Einwände vor, um ihm den Gedanken an einen Spielgefährten für Pincher auszureden. Mehr als einen Hund könne man in einer kleinen Stadtwohnung unmöglich halten, erklärte ich, und außerdem würde es die Hausverwaltung gar nicht erlauben.

»Ich würde trotzdem den Versuch machen«, erwiderte mein Freund, und während er Pinchers aufgedunsenen Körper und seinen unverhältnismäßig kleinen Kopf nachdenklich betrachtete, fügte er hinzu, daß man, wenn man ihn so ansähe, niemals glauben würde, daß er noch keine zwei Jahre alt war. »Man würde ihn mindestens für zehn halten«, meinte er.

Derartige Bemerkungen verursachten mir nur Unbehagen. Er hatte ganz recht, Pincher machte durchaus den Eindruck eines alten Herrn, und keines rüstigen, wohlgemerkt, sondern eines schon reichlich senilen. Aber das

war nun einmal nicht zu ändern, und auch ein Spielgefährte würde diesem Übelstand nicht abhelfen können.
»Pincher würde nur eifersüchtig werden«, behauptete
ich kühn, als mein Freund erneut auf seinen Vorschlag
zurückkam.

Eifersüchtig! Dieser unförmige Kloß von einem Hund,
der da so träge und zufrieden auf dem Teppich lag, sah
nicht danach aus, als ob noch irgend etwas ihn aus seiner
Ruhe aufzustören vermöchte. Er war über solche Ge-
mütserregungen hinaus und endgültig »jenseits von Gut
und Böse«. Aber ich sagte nichts dergleichen, um keine
schwer zu beantwortenden Fragen heraufzubeschwören.
Ich beugte mich zu Pincher hinunter, streichelte ihn
zärtlich und erklärte, daß er und ich aneinander völlig
genug hätten.

Doch es ist unmöglich, seine Freunde, wenn sie es sich
erst einmal in den Kopf gesetzt haben, einem etwas Gutes
tun zu müssen, davon abzubringen, und so traf der Spielgefährte für Pincher am nächsten Tag bei mir ein. Allen
meinen Einwänden zum Trotz erhielt ich ihn einfach in
einem Korb zugeschickt.

Ich dachte zuerst, es wären Veilchen in dem Korb,
denn es war März, und überall in London gab es Veilchen. In jedem Blumenladen und an allen Straßenecken
gab es sie in Hülle und Fülle. Darum bat ich das Mädchen, mir eine Vase und Wasser zu holen, während ich
den Bindfaden aufknotete und den Deckel hochhob.

Aber es waren keine Veilchen darin, sondern ein sehr
kleiner, weißer Hund, der den Kopf zwischen seine Pfoten gesteckt hatte und mich mit einem Auge forschend
und ernsthaft anblickte. Um den Hals trug er eine kleine

Karte, auf der nur die Worte standen: »Ich heiße Knobbie, bin eine junge Dame und drei Monate alt. Vielleicht kann ich Pincher aufmöbeln.«

Knobbie

Wir sahen uns an. Sie lag ganz still da und nahm von Pincher, der teilnahmslos auf seiner Matte vor dem Kaminfeuer ruhte und nicht einmal den Kopf wandte, keinerlei Notiz, obwohl sie ihn gerochen haben mußte, weil die Ausdünstung des armen Pincher, seit ich »es ihm hatte wegbringen lassen«, so stark geworden war, daß sie auch einem Menschen, der nicht den feinen Geruchssinn der Hunde besitzt, seine Anwesenheit immer verriet.

Sie hob nicht einmal schnuppernd das Näschen, sondern konzentrierte ihre ganze Aufmerksamkeit auf mich. Ich hatte niemals gedacht, daß ein so winziges Geschöpf einen so ernst und prüfend anblicken konnte. Was sie von mir sah, kann ich nicht sagen, denn wir wissen ja nicht, was Hunde mit ihrem Blick von uns aufnehmen. Was ich vor mir sah, war jedenfalls ein Foxterrier-Baby, schneeweiß bis auf die Ohren, die von einem seidig glänzenden Kastanienbraun waren – und es noch sind (sie sitzt gerade neben mir) –, was die weiße Stirn noch heller hervortreten ließ.

Wie frisch gebadet, so fleckenlos und strahlend sauber, lag sie in dem Körbchen und hielt meinem Blick ohne die geringste Verlegenheit stand, als wartete sie nur darauf, was ich nun wohl tun würde. »Knobbie«, sagte ich mit einer kleinen Verbeugung, und es schien mir, als erwidere sie meinen Gruß mit einem kurzen höflichen Kopfnicken. Ich habe Hunde gekannt, die noch viel überraschendere Dinge taten. Winkie, zum Beispiel, damals, als er krank wurde –

Aber ich will nicht vorgreifen.

»Würdest du mir wohl erlauben, dich aus dem Körbchen zu heben, Knobbie?« fragte ich sie sehr höflich, denn ich hatte das Gefühl, daß man sehr höflich mit ihr umgehen müsse.

Offensichtlich hatte sie nichts dagegen. Ich nahm sie mit beiden Händen hoch – sie fühlte sich überaus weich und mollig an –, setzte sie behutsam auf den Boden nieder und war entzückt, daß sie nicht sofort einen kleinen See auf den Teppich machte.

Das war wirklich ungewöhnlich. Ingo und Ivo, die beiden einzigen andern Hundekinder, die ich je gehabt habe – außer Bijou, der nicht mitzählt –, taten die erste Zeit nach ihrer Ankunft überhaupt nichts anderes, als Teppiche naß zu machen, obwohl sie damals doch schon drei Monate älter waren als Knobbie. Aber Knobbie war eben eine Dame! Und heute weiß ich, daß es junge Hundedamen gibt, die auch nicht im Traum daran denken würden, so etwas zu tun, wenn man ihnen einmal klargemacht hat, daß ein derartiges Benehmen unfein ist. Sie sind außerordentlich reinlich und sehr eigen und warten lieber Gott weiß wie lange, daß man sie hinausläßt, ehe sie sich etwas zuschulden kommen lassen. Aber das wußte ich damals noch nicht, und um kein Risiko zu laufen und aus Furcht, daß nach unserer so glücklich begonnenen Bekanntschaft doch noch etwas passieren könne, nahm ich sie wieder auf meine Arme und – war zum zweitenmal entzückt, denn sie kuschelte sich zärtlich an mich.

Das hatte noch keiner von meinen Hunden getan. Doggen, wie Ingo und Ivo, können sich natürlich nicht ankuscheln, und die andern hatte ich alle als schon ausgewachsene Tiere bekommen. Daher war ich natürlich selig, als Knobbie sich so eng an mich drückte und ihren Kopf so vertrauensvoll an mein Kinn schmiegte. Alle warmherzigen Frauen und auch viele Männer bewahren sich ihr ganzes Leben lang mütterlich zärtliche Gefühle und sind glücklich, wenn ein kleines hilfloses Wesen sich so liebebedürftig zeigt. Besonders trifft das, glaube ich, auf Frauen zu, die, wie ich, auf irgendeine Weise ihren Mann verloren haben und deren Kinder verheiratet sind und in fernen Ländern leben. Solche Frauen haben – wenn sie es auch nicht zugeben wollen – oft noch ein sehr starkes Verlangen nach Liebe, und wenn dieses Verlangen unbefriedigt bleibt, fühlen sie sich überflüssig und suchen nach etwas, was ihrem Leben neuen Inhalt geben könnte.

Und das ist dann oft ein Hund. Ähnlich erging es mir mit Knobbie. Nicht, daß ich mich etwa zu jenen Frauen rechne, von denen ich eben sprach. Aber es ist schon richtig, daß das Leben, wenn man älter wird, alle jene Freuden einbüßt, die wir empfinden, solange unsere Kinder noch klein sind und unserer mütterlichen Liebe und Fürsorge bedürfen. Diese Zeiten waren auch für mich unwiederbringlich vorbei. Ich konnte an dem Leben meiner Kinder nur noch aus der Ferne teilnehmen. So machte sich in meinem Dasein eine Leere fühlbar, die ich anscheinend nicht verbergen konnte, da mir Pincher geschenkt wurde, um sie auszufüllen.

Aber mit Pincher war es aus Gründen, die der gütige Spender nie erfuhr, schief gegangen, und ich war ihm jetzt aufrichtig dankbar, daß er mir auch noch Knobbie geschickt hatte, denn wenn Pincher, als er ankam, mir bereits etwas von meinem seelischen Gleichgewicht wiedergegeben hatte, so war Knobbie es, die mich erst zu meinem eigentlichen Selbst zurückfinden ließ.

Sonderbar, daß ein so winziges Geschöpf das zuwege brachte! Aber es gibt noch merkwürdigere Dinge. Ich kannte eine Frau, die ihr Dasein nicht mehr ertragen zu können glaubte und ihrem Leben ein Ende machen wollte; doch als sie bei einem Abschiedsgang durch den sonnigen Garten einen blühenden Fliederstrauch erblickte, brachte sie es nicht über sich, ihr Vorhaben auszuführen. Es war ihr plötzlich unmöglich, eine Welt, die noch so viel Schönheit in sich barg, leichtfertig zu verlassen.

Dasselbe spürte auch ich, als ich die zärtliche warme kleine Knobbie in den Armen hielt. Zum erstenmal seit langer Zeit hatte ich die Empfindung, daß das Leben doch noch sehr schön sein konnte und es nur darauf ankam, ihm seine besten Seiten abzugewinnen.

Im Wahren, Guten, Schönen resolut zu leben..., ging es mir durch den Sinn.

Warum – fragte ich mich, meine Wange an Knobbies weiche Öhrchen geschmiegt – sollte ich nicht einen neuen Versuch machen?

Aber in London sind solche Vorsätze undurchführbar, wenigstens habe ich diese Erfahrung gemacht. In Gegenwart anderer konnte ich nicht resolut sein, und in einer Gesellschaft vergaß ich einfach, was wahr und gut und schön ist. Solche Zusammenkünfte übten auf mich dieselbe Wirkung aus wie Telephongespräche – sie entfernten mich nur wieder von meinem besseren Selbst. Zwar schämte ich mich dessen, aber es war nicht zu leugnen, daß ich Schmeicheleien zugänglich war und meine Gedanken sich oberflächlichen Dingen zuwandten. Und als ich eines Nachts wieder spät von einer Gesellschaft heimgekehrt war zu dem guten Pincher, der so geduldig vor der Tür auf mich gewartet hatte, und zu Knobbie, die so süß in ihrem Körbchen schlief, kam mir beim Anblick dieser beiden unschuldigen Geschöpfe die ganze Sinnlosigkeit dieser Art Geselligkeit zum Bewußtsein, und ich fragte mich, ob es sich überhaupt lohne, sie mitzumachen?

Es lohnte sich nicht. Für mich hat es sich niemals gelohnt. Auch das Zusammensein mit Freunden – die, einzeln und in größeren Zwischenräumen genossen, reizend sein können – ist in einer Stadt wie London, wo man sich nicht absondern kann und überall dieselben Menschen trifft, kein wahrer Genuß. Wie ein Häufchen Unglück hockte ich auf der Bettkante und dachte zurück an die glücklichen Jahre in Pommern, in denen wir nur alle sechs Monate mal eine Gesellschaft gaben oder besuchten, und an die herrlichen Zeiten in der Schweiz, die ich mit Coco allein in den Bergen verbracht hatte.

Je mehr ich darüber nachdachte, desto klarer wurde es mir, daß ich für das Stadtleben mit seinem Massenbetrieb nicht geschaffen war, und Knobbie bewies durch ihr Verhalten auf unsern Spaziergängen, daß sie sich auch nicht dafür eignete. Der Straßenlärm erschreckte sie immer aufs neue. Von ihrer ruhigen Gelassenheit, die mich innerhalb der Wohnung immer wieder entzückte, war draußen nichts mehr zu merken, und der bloße Anblick eines anderen Hundes, der in der Ferne auftauchte, genügte schon, um sie beinahe ohnmächtig werden zu lassen. Ein ruhiges gleichmäßiges Leben war für meine empfindliche unerfahrene junge Hundedame sicherlich das beste und zweifellos auch für mich, wenn ich es mit dem »Resolutleben« wirklich ernst nehmen wollte. Um Pincher brauchte ich mir keine Gedanken zu machen, denn Pincher war mit allem zufrieden, wenn er nur mich und genügend zu futtern hatte. So wandte ich eines schönen Tages London den Rücken, und Knobbie unter dem Arm und den watschelnden Pincher hinter mir, übersiedelte ich wieder aufs Land.

Aber mit welch anderen Gefühlen als damals, als ich mich nach New Forest geflüchtet hatte, um mich vor der Welt zu verstecken und die Vergangenheit zu vergessen! Ich glaube, das lag nicht nur an der heilenden Wirkung der Zeit, sondern auch daran, daß ich wieder Hunde um mich hatte. Während jener traurigen Jahre seit der Trennung von Coco hatte ich über seinen Tod hinaus bis zu dem Erscheinen von Pincher keinen Hund gehabt. Sonst hätte ich mich vermutlich schneller wiedergefunden. Jetzt, da ich ihrer zwei besaß, wenn auch der eine mehr eine Last als eine Freude war, blickte ich vertrauensvoll in die Zukunft, überzeugt, daß das Landleben für einen Menschen, der wohl noch immer etwas eigentümlich war – wie meine Tanten Carla und Jessie es ausgedrückt hatten –, das einzig richtige sein und überdies noch das Gute haben würde, daß ich nicht mehr um Knobbies Gesundheit bangen mußte.

Ich war Knobbie wirklich sehr zu Dank verpflichtet, denn ihre Nervosität hatte mir erst den nötigen Antrieb gegeben. Wäre sie nicht gewesen, wäre ich vielleicht doch in London hängengeblieben und vor lauter Geselligkeit gar nicht mehr zu mir selbst gekommen.

Pinchers wegen war ich nach London gezogen, und Knobbies wegen verließ ich es wieder. Es sah so aus, als würde meine Lebensweise nur noch durch meine Hunde bestimmt.

Meine Bekannten behaupteten das jedenfalls und drückten ihr Bedauern darüber aus. Sie gebrauchten das Wort Vernarrtheit und sagten, es wäre wahrhaftig schade um mich. Aber ich schenkte dem keine Beachtung, denn wenn ich auf sie gehört hätte, wäre ich nie weggekommen und schon gar nicht aufs Land, und gerade davon wollte ich mich auf keinen Fall abbringen lassen.

Doch wählte ich diesmal meinen Wohnsitz nur einige zwanzig Meilen von London entfernt, so daß ich immer die Möglichkeit hatte, meine Freunde für ein paar Stunden zu besuchen, falls ich ein Bedürfnis nach der Gesellschaft anderer Menschen verspürte. Aber trotz der Nähe der Großstadt lebte ich in völlig ländlicher Abgeschlossenheit, zumal mein Haus ganz allein stand und auf der einen Seite von einem Golfplatz und auf den drei andern von Wald umgeben war.

In diesen Wäldern konnte Knobbie unbehelligt umherlaufen, ohne je einer lebenden Seele zu begegnen, während Pincher ein großer Garten zur Verfügung stand mit herrlichen alten Bäumen, in deren Schatten er sich ungestört ausstrecken und vor sich hindösen konnte, wenn die Sonne ihm zu lästig wurde. An dem Tage unseres Einzugs schien die Sonne zwar nicht, aber da sie ja früher oder später doch wieder zum Vorschein kommen mußte, machte mir das nichts aus, und Knobbie und ich nahmen in bester Stimmung von unserer neuen Heimat Besitz, und ich glaube, auch Pincher war überaus zufrieden, soweit ihm das bei seinem Phlegma anzumerken war, denn er hatte ein besonders reichhaltiges Mittagessen verabreicht bekommen.

Das Haus war wirklich reizend; es ging solche Ruhe und so ein wohltuender Frieden von ihm aus. Die Wipfel der herbstlich bunten Bäume neigten sich schützend über sein Dach, und vorn erstreckte sich die Weite des Golfplatzes, der bei unserm Einzug im Nebel verödet dalag. Vor meinem Wohnzimmerfenster stand ein Taubenschlag, den derselbe Freund, dem ich meine beiden Hunde verdankte, mit Tauben bevölkert hatte, deren Gurren meine Arbeit begleiten sollte; und vor dem Kamin saß – auch ein Geschenk meines »zoologischen« Freundes – ein kohlschwarzer Glückskater, der sich sofort mit Knobbie anfreundete und ihr eifrig und gründlich die Ohren zu putzen begann.

Der Tee wurde gebracht, die Vorhänge zugezogen und das Kaminfeuer knisterte. Man hätte uns für Gestalten eines Romans halten können, der den Leser für einen Augenblick aus der mondänen Welt in die beschauliche Stille eines einfachen Landhauses entführt. Und während ich meine Semmeln aß – ein Gebäck, das ich in London immer verschmäht hatte, jetzt aber mit Heißhunger verschlang, wobei Pincher jeden meiner Bissen mit den Augen verfolgte, gerade so, als ob er überhaupt noch nichts zu fressen bekommen hätte – und während die Katze, die inzwischen mit Knobbies Ohren fertig geworden war, ihre neue Freundin resolut auf den Rücken drehte, um jetzt ihren Bauch sauberzulecken –, empfand ich das beglückende Bewußtsein, daß ich noch einmal den richtigen Weg gefunden hatte und nichts anderes mehr zu tun brauchte, als auf diesem Wege weiterzugehen.

So begann für mich ein neues Dasein der Zurückgezogenheit, das mir wie so oft von einem Hund verschönt wurde und das mich wieder mit tiefer Zufriedenheit erfüllte.

Es war Knobbie, die mir durch ihr munteres Wesen – nun sie vor nichts mehr Angst haben mußte, wurde sie mit jedem Tag zutraulicher und liebenswerter – das Leben verschönte, denn bei Pincher konnte ja von Schönheit keine Rede mehr sein. Aber ich vergaß nicht, was er für ein lieber kleiner Kerl gewesen war, als er zu mir kam, und daß nur ich die Schuld daran trug, daß jetzt fast niemand schweigend an ihm vorübergehen konnte. Daher nahm ich die anzüglichen Bemerkungen, die seine unförmige Mißgestalt auf unseren Londoner Spaziergängen bei den Passanten hervorrief, als gerechte Strafe hin.

Doch war ich froh, diesen Bemerkungen auf dem Lande nicht mehr ausgesetzt zu sein, weil sie mich immer gezwungen hatten, durch eine betont gleichgültige Miene und eine übertrieben hochmütige Kopfhaltung vorzutäuschen, daß ich nichts gehört hätte oder daß es mir jedenfalls nichts ausmache, besonders – was mir alle Hundebesitzer nachfühlen werden – während jener peinlichen Minuten, in denen ich ruhig stehenbleiben und warten mußte, bis Pincher einem natürlichen Bedürfnis gefolgt war.

Was konnte ich anderes tun, als mit hoch erhobenem Kopf weiterzugehen und mich taub zu stellen? Es fiel mir nur auch deshalb nicht leicht, weil mich das, was ich hörte, oft zum Lachen reizte. »Was ist denn das für eine Töle?« rief eines Tages ein Trambahnschaffner – dessen Bahn gerade an der Stelle anhielt, wo Pincher mich zum Stehenbleiben veranlaßt hatte – jedem, der es hören wollte, zu. »Dem seine Ahnentafel möcht' ich mal sehen! Seine Mutter war sicher 'n Igel und sein Vater ein blindgeborener Mops!«

Das hatte nun alles ein Ende. Jetzt brauchte ich den armen vielgeschmähten Pincher – er sah wirklich ungefähr so aus, wie man sich eine Kreuzung zwischen einem Igel und einem Mops vorstellt – nicht mehr auszuführen, sondern konnte ihn in dem schönen Garten sich selbst überlassen. Ich glaube, daß er das als eine große Erleichterung empfand. Ich empfand es jedenfalls so, denn ganz davon abgesehen, daß es kein reines Vergnügen ist, anderer Leute Spott als Zielscheibe zu dienen, machte es mir natürlich viel mehr Spaß, mit Knobbie um die Wette zu rennen, als mit Pincher zu »watscheln«. Aber leider hatte er es sich angewöhnt, wie kalt oder regnerisch das Wetter auch sein mochte, an der Gartenpforte auf meine Rückkehr zu warten, wie er es in London vor der Wohnungstür zu tun pflegte, und lange bevor Knobbie, die es an Schnelligkeit und Anmut mit einem Windspiel aufnehmen konnte, sich genügend ausgetobt hatte, trieb mich der Gedanke an den geduldigen kleinen Fettkloß, der sich nicht von der Stelle rührte, bis er mich wiederhatte, ins Haus zurück.

Doch hatte er mich endlich wieder, was tat er dann? Er schlief sofort ein! Das war tatsächlich alles, was Pincher außer einem wohlgefüllten Freßnapf zu seinem Glück brauchte: das beruhigende Gefühl, mich in seiner Nähe zu wissen, während er sich schlafen legte und zu schnarchen begann. Auf die Dauer ärgerte mich das, denn schließlich war ich ja nicht mit ihm verheiratet.

Für Knobbie hatte er ebensowenig übrig wie sie für ihn. Sie war ihm von Anfang an aus dem Weg gegangen, und er war viel zu apathisch, um auch nur den Kopf nach ihr umzuwenden. So daß Knobbie, wäre der Kater nicht gewesen, keinen Spielgefährten und folglich eine einsame Kindheit gehabt hätte. Der Kater tat jedoch, was er konnte, und die beiden vertrugen sich glänzend, bis Chunkie – auch ein Geschenk meines »zoologischen« Freundes – sich uns zugesellte; woraufhin Knobbie diese unerwartete Erscheinung eines blutjungen Hündchens, das so selbstverständlich ins Zimmer marschierte, als wäre es das seine und als gehörten Knobbie, der Kater und Pincher ihm auch, hingerissen anstarrte, sich bis über die Ohren in Chunkie verliebte und völlig vergaß, daß es jemals so etwas wie Katzen auf der Welt gegeben hatte.

Es war ein »coup de foudre«, eine Liebe auf den ersten Blick! Ich hatte wohl gehört, daß es so etwas gab, aber es niemals an mir selbst noch je bei anderen erlebt. Nun sah ich mit meinen eigenen Augen, wie Knobbie davon wie vom Blitz getroffen wurde. Chunkie, ein nur zehn Wochen alter Sealyham-Bastard, unwahrscheinlich klein, aber sehr beherzt, brauchte nur hereinstolziert zu kommen, sich herausfordernd umzusehen und uns ein paarmal anzukläffen, womit er zweifellos sagen wollte, daß er es mit uns allen aufnehmen könne, – um Knobbie bedingungslos zu seiner Sklavin zu machen.

Chunkie

Chunkie war und ist noch heute ein Herzensbrecher allererster Ordnung. Ich wünschte, ich hätte ihn an dem Tag, an dem er so unerwartet bei uns erschien, photographieren können. Der Chauffeur, der ihn brachte, hatte Chunkie nur die Tür zum Wohnzimmer geöffnet und es ihm dann überlassen, sich selbst mit uns bekannt zu machen. Niemals hätte ich geglaubt, daß etwas so Kleines einem Kreis von lauter Fremden, die noch dazu alle viel größer waren als es selbst, so furchtlos und sicher gegenüber auftreten könnte.

Seinen Schwanz trug er wie ein stolzes Symbol seines unbesiegbaren Geistes fröhlich aufgereckt, und in den ganzen fünf Jahren, seitdem er bei mir ist, hat er ihn noch niemals hängen lassen. Selbst dann nicht, wenn ich, über sein Betragen aufgebracht, das oft Anlaß zum Tadeln gibt – er ist ein vielbeschäftigter Liebhaber, der stundenlang von zu Hause fortbleibt, meilenweit läuft und es riskiert, gestohlen, überfahren oder erschossen zu werden, um zu einem Liebesabenteuer zu kommen –, ihm zornig mit der Hand drohe. Anstatt seinen Schwanz dann hängen zu lassen, wedelt er fröhlich damit, und der Blick, mit dem er mich dabei ansieht, ist der Blick eines, der weiß, daß er zwar unrecht getan, daß es sich aber auch gelohnt hat. Dieser zugleich zärtlich-einschmeichelnde und trotzig-herausfordernde Blick entwaffnet mich immer wieder. Ich kann mir nicht helfen, ich bin letzten Endes nur froh, daß er seinen Spaß gehabt hat und ich ihn heil wiederhabe.

Jener Freund, der sich im Schenken nicht genug tun konnte und auf den es zurückzuführen war, daß meine Bekannten jetzt nur mehr von meiner »Menagerie« sprachen, hatte mir auch Chunkie aus einem besonderen Grund geschenkt. Er hatte nämlich während des zweiten, außergewöhnlich langen und strengen Winters, den ich in meinem kleinen Landhaus zubrachte, bei mir Anzeichen einer gewissen Unruhe bemerkt, die sich darin äußerte, daß ich immer wieder ans Fenster lief und über das Wetter murrte. Ihm, dessen Stimmung durch das Klima nicht beeinflußt wurde, schien mein Verlangen nach mehr Sonne, als es in England gibt, besorgniserregend, und nachdem er sich das eine Weile mit angesehen hatte, kam er zu dem Schluß, daß ich unbedingt noch einen Hund haben müsse. Um mich abzulenken und mich stärker an mein Haus zu fesseln. Denn, sagte er sich, *ein* Hund wäre in dieser Gemütsverfassung kein Hindernis für mich gewesen, abzureisen. Da ich aber, trotzdem ich sogar zwei hatte, immer noch mit dem Gedanken an eine Ortsveränderung spielte, meinte er, daß ein dritter Hund vonnöten sei, um mir diesen »Unsinn«

endgültig aus dem Kopf zu schlagen. Er nahm an, daß einerseits die Schwierigkeiten, mit drei Hunden zu reisen, zu groß seien, ich sie aber andererseits alle drei zu sehr liebte, um mich von einem von ihnen trennen zu können. So würde ich bleiben, wo ich war, und meine Freunde konnten mich weiterhin besuchen und Tee bei mir trinken.

Und bis auf einen Punkt hatte er mit dieser Annahme auch ganz recht. Wohl hatte ich Chunkie sofort in mein Herz geschlossen, aber er irrte sich doch, wenn er annahm, daß ich alle drei liebte. Denn an Pincher band mich nichts mehr als die Verpflichtung, für ihn sorgen zu müssen. Ich würde mich schon längst, seit ich »es ihm hatte wegbringen lassen«, leichten Herzens von ihm getrennt haben, wenn ich nur ein gutes Heim für ihn gefunden hätte. Aber natürlich hatte ich meinem Freunde nichts davon gesagt, und trotz seiner scharfen Beobachtungsgabe war es ihm entgangen, daß ich Pincher nicht mehr liebte.

Ebensowenig fand er den wahren Grund heraus, warum ich noch einen Winter in England blieb. Unsere Freundschaft beruhte ausschließlich auf unserer gemeinsamen Zuneigung zu Hunden; wenigstens war ich dieser Meinung, weshalb ich mich ihm gegenüber über andere Dinge niemals aussprach. Er konnte darum auch nicht wissen, wie es wirklich um mich stand, und es kam mir niemals in den Sinn, ihm meine geheimen Kümmernisse anzuvertrauen.

Wenn er mich besuchte, saß er, von seinen vierbeinigen Geschenken umgeben, zufrieden da, trank seinen Tee und hatte keine Ahnung, daß ich noch vor wenigen

Stunden angesichts des hoffnungslosen Regens meine Knöchel wundgebissen hatte, aus lauter Verzweiflung über meine Unfähigkeit, in diesem schlechten Wetter »resolut« zu leben.

Zweifellos hat wohl jeder Mensch einmal mit Leuten an einem Teetisch gesessen, die äußerlich ruhig ihren Toast gegessen und Konversation gemacht haben und dabei doch einen heimlichen Kummer verbargen. Vielleicht hing auch mein tierliebender Freund, während er so gelassen neben dem Kamin saß, irgendeinem Kummer nach. Aber ich glaube es nicht. Er schien mir nur von dem einzigen Gedanken besessen, mich mit Hunden zu beschenken, eine Aufgabe, die ihn so in Anspruch nahm, daß er darin die innere Befriedigung fand, die mir fehlte.

Nach zehn weiteren Regenwochen mußte ich mir eingestehen, daß alle meine guten Vorsätze, die mich von London in diese ländliche Einsamkeit geführt hatten, bei solchem schlechten Wetter unausführbar waren. Mit anderen Worten, es wurde mir klar, daß ich sie nur dann mit Erfolg in die Tat umsetzen konnte, wenn die Sonne schien.

Diese niederschmetternde Entdeckung nahm mir allen Wind aus den Segeln. Ich schämte mich fast zu Tode. Aber so war es nun einmal, und wenn ich mich noch so sehr schämte, darum hörte es doch nicht auf zu regnen. Ich bekam bei diesem Wetter nur Frostbeulen, und die gaben mir den Rest. Was mich besonders irritierte, war der Gedanke daran, daß ich mich in meinem Schweizer Haus niemals in einem derartigen Zustand befunden hatte. Mochte der Wind damals auch noch so stürmen und der Regen wochenlang ununterbrochen gegen die Fenster klatschen, mein inneres Gleichgewicht wurde dadurch nicht gestört. Wahrscheinlich hatte ich dort gelegentlich auch Frostbeulen gehabt, aber sie hatten mir so wenig anhaben können, daß ich dessen nicht einmal ganz sicher bin. Kam es daher, daß ich älter geworden war? War es möglich, daß das Alter sich bei mir auf eine so banale Weise bemerkbar machte? Daß es sich in einem gesteigerten Wärmebedürfnis und heftiger Abneigung gegen einen ewig grauen Himmel äußerte, einen Himmel, der sich nicht aufhellen wollte?

Ich hatte eine Freundin, die in einem beneidenswert sonnigen Land lebte, in der Provence. Während einer Englandreise kam sie von London zu mir herüber. Und als sie an jenem dunklen Winternachmittag zu mir ins Zimmer trat, schien von ihr aller Glanz und alle Wärme dieser südlichen Landschaft auszugehen, und wenn sie sich bewegte, glaubte ich den süßen Duft von Jasmin- und Fliederblüten zu spüren.

»Zieh doch auch in den Süden«, sagte sie. »Ganz in meiner Nähe gibt es ein leerstehendes kleines Haus, es liegt mitten in einem Olivenhain. Jetzt im November sind die Wiesen dort mit weißen und rosaroten Maßliebchen und Gänseblümchen übersät.«

Sonderbar, wie weniger Worte es bedarf, um ein Leben von Grund auf zu verändern. Damals konnte ich mir nur ausmalen, wie schön es in der Provence sein mußte, aber heute weiß ich es aus eigenem Erleben. Ja, ich bin tatsächlich in jenes kleine Haus gezogen, von dem meine Freundin mir erzählte, und ich brauche nicht mehr vor

Kälte zu zittern und mit klammen Fingern zu schreiben, ich brauche nicht mehr auf besseres Wetter zu hoffen, denn es ist hier unveränderlich schön, und wenn wir einmal einen etwas schlechteren Tag haben, so scheint doch am nächsten, bestimmt aber am übernächsten Tag wieder die Sonne.

Wäre ich doch nur unmittelbar aus Pommern hierhergekommen – wie gut hätte mir das getan! Ich wäre viel länger jung geblieben, viel lebensfroher und heiterer. Es ist unmöglich, sich dem Einfluß des Klimas zu entziehen; wenn man ringsum von so viel Schönheit umgeben ist, wie ich hier, muß man sich einfach glücklich fühlen. Hier, in diesem harmonischen Zusammenklang von Licht und Wärme, Farbe und Duft ist es ein Kinderspiel, »resolut« zu leben.

Knobbie und Chunkie haben mich in die Provence begleitet, aber Pincher wurde in dem einen Jahr, das wir noch in dem Landhaus am Golfplatz verbringen mußten, weil unser neues Heim in der Provence noch für unseren Einzug umgebaut wurde, so alt, dick und unbeweglich, daß es mir als das Beste schien, was ich ihm noch antun konnte, wenn ich ihn auf schmerzlose Weise töten ließ.

Ich hatte mich vorher vergeblich bemüht, ein Heim für ihn zu finden, wo er es gut haben würde. Alle Leute, die ich darum anging, lehnten meine Bitte ab, erklärten sich jedoch ohne Unterschied mit Vergnügen bereit, Chunkie zu sich zu nehmen. Selbst der Freund, der ihn mir geschenkt hatte, weigerte sich und führte als Begründung an, daß Pincher sich zu sehr verändert habe.

»Dieser Hund scheint mit jedem Jahr zehn Jahre älter

zu werden«, bemerkte mein Freund, während er ihn nachdenklich ansah.

Und da nicht anzunehmen war, daß Pincher mit vier Jahren besser dran sein würde als jetzt mit seinen drei, die ihn schon wie dreißig aussehen ließen, und da ihn niemand haben wollte, blieb nichts weiter übrig, als ihn für immer einschlafen zu lassen.

Aber ich schob den Entschluß immer wieder auf und ließ den Tierarzt erst am letzten Tag unseres Aufenthaltes kommen.

Wir begruben Pincher im Garten. Und ich wünsche mir ein so leichtes schmerzloses Ende, wie er es gehabt hat.

Aber ich will zu den Lebenden zurückkehren, zu Chunkie und Knobbie, deren Kinder in dem geißblattfarbenen Haus in der Provence zur Welt kamen, das inzwischen ganz von Kletterrosen umrankt ist.

Chunkie war, als er das entsprechende Alter erreicht hatte, nicht der Hund, der das Hochzeiten auf die lange Bank schob. Und obwohl ich aus züchterischen Gründen darauf bedacht war, daß er Knobbie nicht zu nahe kam, konnte ich es doch nicht verhindern. Und neun Wochen später kamen ihre Jungen auf einem Sofa in meinem Schlafzimmer zur Welt.

Ich hatte alle Vorkehrungen getroffen, Knobbie an dem betreffenden Tage zum Tierarzt zu bringen. Aber ich hatte mich um eine Woche verrechnet. Eines Abends, als ich ruhig lesend im Sessel saß, während Knobbie mir zu Füßen lag, setzte sie sich plötzlich auf und starrte mich an.

Ihr Blick war so zwingend, daß ich vom Buch weg zu ihr sehen mußte, das Buch fortlegte und sie fragte, ob sie hinauswolle.

Aber sie rührte sich nicht, sondern fuhr fort, mich anzustarren. Da ich nicht begriff, was sie eigentlich wollte, begann ich wieder zu lesen. Aber es gelang mir nicht, mich zu konzentrieren. Sie hielt ihre Augen so beharrlich auf mich gerichtet, daß ich aufstand und die Tür öffnete, um sie in den Garten hinauszulassen. Knobbie stahl sich jedoch heimlich in mein Schlafzimmer und sprang auf das Sofa, wo sie ihre Jungen warf.

Mit einem Male wurde das Haus lebendig. Mein Mädchen, daß mein Schlafzimmer für die Nacht herrichtete, ließ alles stehn und liegen und kam laut schreiend zu mir heruntergestürzt, um mir mitzuteilen, was dort oben vor sich ging. Ich eilte hinauf, während der Chauffeur den Tierarzt holen ging. Wir waren alle sehr aufgeregt; nur Knobbie blieb ruhig.

Nach ihrem Verhalten vor dem Eintreffen des Tierarztes zu urteilen, hätte man meinen können, daß dies ihr zehntes Wochenbett und nicht ihr erstes war. Sie wußte genau, was sie mit jedem Neugeborenen zu tun hatte, und tat es auch. Sie war die Ruhe selbst und wollte nur allein gelassen werden. Und als der Tierarzt kam, hatte sie sechs Junge geworfen – zwei davon waren totgeboren infolge ihres Sprunges auf das Sofa.

Ich glaube, ich war auf die Kleinen ebenso stolz, wie Knobbie es war. Sie konnte sie unmöglich mehr lieben, als ich es tat. Und sie war eine sehr zärtliche Mutter.

Eine merkwürdige Folge hatte ihre Mutterschaft. Ich beobachtete, daß sie Chunkie plötzlich eine tiefe Abneigung zeigte. Ich konnte mir den Grund nicht erklären; sie hatte bei der Geburt ihrer Jungen nicht so sehr gelitten, als daß sie deswegen einen Groll gegen ihn hegen konnte. Dennoch schnitt sie ihm die fürchterlichsten Gesichter, wann immer er in ihre Nähe kam, und wagte er es gar, einmal einen Blick auf seine Nachkommenschaft zu werfen, knurrte sie ihn drohend an.

Das Erlebnis der Mutterschaft, das sie meiner Meinung nach doch eigentlich hätte noch sanfter machen sollen, hatte meine sanfte Knobbie in eine Wilde verwandelt! Ich erkannte sie nicht wieder. War das dieselbe Knobbie, die Chunkie ihre Ergebenheit nicht genug beweisen und die nicht einen Augenblick ohne ihn sein konnte, die ihn immer wieder zum Spielen verlockt und die es so glänzend verstanden hatte, ihm zu schmeicheln, indem sie seine Späßchen – ich bin sicher, daß er wie jeder Mann gerne welche zum besten gab – so beifällig und, wie ich behaupte, lachend aufnahm? Darin unterschied sie sich in nichts von uns Frauen. Jedenfalls habe ich sicherlich ebenso rückhaltlos bewundernd wie Knobbie die Scherze und Witze der Männer belacht, die ich später heiraten sollte. Aber natürlich konnte ich später nicht mehr so aus vollem Herzen darüber lachen, denn ich hatte sie im Laufe meiner Ehen schon zu oft gehört; doch haben solche Wiederholungen den Vorteil, daß man es schließlich genau im Gefühl hat, wann der Beifall erwartet wird.

Aber jetzt lachte Knobbie nicht mehr. Seit der Geburt ihrer Jungen konnte ihr Chunkie durch nichts – was er auch immer anstellte und ihr in der für uns so geheimnisvollen Hundesprache mitteilte – ein Lächeln entlocken.

Weniger höflich – oder soll ich sagen weniger verächtlich? –, aber aufrichtiger als ich, gab sie sich auch nicht einmal den Anschein, ihm zuzuhören. Sie dachte nur an ihre Kinder. Diese nuckelnden kleinen Geschöpfe nahmen ihre ganze Aufmerksamkeit in Anspruch; und meine nicht minder, denn ich machte die Erfahrung, daß man, sobald junge Hunde erst einmal herumkrabbeln, sehr auf sie aufpassen muß.

Eine Zeitlang glaubte ich, daß es mir möglich sein würde, sie alle zu behalten, weil eins so entzückend war wie das andere, aber als sie größer wurden, sah ich ein, daß es immer schwieriger werden würde, mit so vielen fertig zu werden, und entschloß mich daher, wenn auch widerstrebend und schweren Herzens, zwei von ihnen an Freunde abzugeben.

Aber schließlich blieben mir ja immer noch vier Hunde, und als meine Bekannten Wind davon bekamen, schrieben sie mir, es wäre wirklich schade um mich. »Du lebst nur noch für Deine Hunde!« schrieben sie, und tatsächlich kam es mir manchmal selbst so vor, so viel Zeit mußte ich ihnen widmen, wenn sie ihr Recht bekommen sollten. Ich mußte für ihr Futter sorgen, mit ihnen spazierengehen, sie baden, bürsten und kämmen und vor allem die beiden Kleinen zur Stubenreinheit erziehen.

Vier Hunde sind wirklich eine ganze Menge, und es überraschte mich gar nicht, daß meine Bekannten sich darüber aufregten. Was für Freude und Spaß ich aber an ihnen hatte, davon wußten sie nichts. Gewiß, die Spaziergänge strengten mich manchmal sehr an, und in einem solchen Zustand der Ermüdung dachte ich zuweilen, daß ich mit der Aufzucht junger Hunde besser schon in früheren Jahren hätte beginnen sollen. Dennoch zählen diese achtzehn Monate, in denen ich alle vier um mich hatte, zu den glücklichsten, wenn auch »atemlosesten« meines Lebens.

Ich möchte allen Menschen, die Anlage zu Schwerfälligkeit haben und deren Blut dick zu werden beginnt, empfehlen, sich vier Hunde zu halten, von denen zwei noch jung sind, und sie nicht den Dienstboten zu überlassen, sondern sich selbst um sie zu kümmern.

Woosie und Winkie

Die zwei, die ich von Knobbies Wurf für mich aussuchte, hießen Woosie und Winkie. Was Winkie anbetrifft, meinen klugen und zärtlichen Winkie, so stand es von vornherein für mich fest, daß ich ihn behalten würde. Er war ganz weiß bis auf seine rechte Gesichtshälfte, die schwarz war, und einen schwarzen Fleck in der Mitte seines linken Ohres und zeichnete sich von Anfang an durch seine Anhänglichkeit und seine ausgesprochene Liebe zu mir aus. Er war ein Hund, der nur einem Menschen gehören konnte, und ich war dieser Mensch.

Was Woosie anging, so konnte ich mich nicht so schnell entschließen und überlegte eine ganze Weile, ob seine Vorzüge die der beiden andern übertrafen, bis ich mich doch für ihn entschied, weil er als einziger von dem Wurf Chunkies Ebenbild zu sein schien.

Schien – denn es war nur äußerlich. Dem Wesen nach ließ sich kaum ein größerer Gegensatz denken, als zwischen ihm und seinem Vater bestand. Chunkie war ein wundervoller Hund, und Woosie war es durchaus nicht. Sie hatten dasselbe Fell und die gleiche Zeichnung, aber nicht denselben Charakter. Später, als ich die beiden andern schon fortgegeben hatte, begriff ich nicht, wie ich mich durch solche äußerliche Ähnlichkeit hatte beeinflussen lassen können. Schon nach zwei Monaten stellte es sich heraus, daß Woosie – außer dem Fell – auch nicht eine Spur von Ähnlichkeit mit seinem Vater hatte. Während Chunkie einen besonders schönen und edlen Kopf hatte, war Woosie merkwürdig plump und unförmig, und seine immer etwas verschleierten Augen spiegelten nichts von der Gutmütigkeit wieder, nichts von Chunkies philosophischer Haltung des Leben-und-leben-Lassens, die seine Augen so warm und ausdruckvoll machte. Wäre ich in bezug auf junge Hunde nicht so unerfahren gewesen, würden mich Woosies Kopfform und die Verschlagenheit seines Blickes gewarnt haben; so aber bestach mich sein lockiges Fell, und zu spät erkannte ich, daß er sich immer mehr zu einem wahren kleinen Teufel entwickelte.

Wie die sanfte Knobbie ein solches Kind zur Welt bringen konnte, blieb mir unbegreiflich; wie zwei so vollkommene Hundeeltern zu einem solchen Sohn kamen, war mir rätselhaft. Zunächst nahm ich Woosies Schnappen und Knurren nicht ernst, sondern hielt es für Spielerei. Als er klein war, machte sich seine Rauflust naturgemäß noch nicht so bemerkbar, aber als er größer und kräftiger wurde, nahm sie bedenklich zu. Es war ein Glück, daß Winkie noch schneller gewachsen war, denn sonst wäre bei einer der häufigen brüderlichen Balgereien wahrscheinlich nichts von ihm übriggeblieben. Aber auch ohne dies wurde er manchmal übel zugerichtet. Sein linkes Ohr mit dem schwarzen Fleck in der Mitte, auf das ich so besonders stolz war, befand sich in ständiger Gefahr, abgerissen zu werden, und ich sah mich bald genötigt, in diese Balgereien einzugreifen, die ich bisher für harmlos gehalten hatte, und der Tatsache ins Auge zu sehen, daß Woosie ein schlechter kleiner Hund war, der jedes Spiel zu einem erbitterten Kampf machte.

Es war für mich besonders beunruhigend, wenn er sich im Auto mit den anderen herumzubalgen begann. Ich pflegte, als die beiden Kleinen alt genug dazu waren, jeden Nachmittag mit allen vier Hunden auszufahren. Und zwar um drei – weil ich mich nachher dem Strudel des gesellschaftlichen Lebens, das an der Côte d'Azur von fünf Uhr bis in die Nacht hinein andauert, nicht entziehen konnte. Wir fuhren weit hinaus in die Wälder und Felder abseits der Hauptverkehrsstraßen, damit sie ungefährdet draußen herumtollen konnten. Sobald der Wagen vorgefahren war, sprangen sie alle vier hinein, Knobbie vorne neben mich und die drei andern auf den Rücksitz, und sehr oft begann dann Woosie, anstatt wie die andern brav und ruhig zu sitzen, eine seiner geliebten Raufereien.

Es ist äußerst unangenehm, einen Wagen zu lenken, in dem Hunde sich raufen. Ich kann mir jedenfalls nichts Unangenehmeres und Aufregenderes vorstellen. Wenn man den Wagen anhält und die Hunde rausläßt, dann riskiert man es, daß sie überfahren werden. Wenn man ihn anhält und sie nicht rausläßt, riskiert man es, selbst, mehr oder weniger zerkratzt und blutig, aussteigen zu müssen. Anhalten muß man auf jeden Fall, und ich pflegte den Wagen so vorsichtig, wie es mir unter diesen Umständen nur möglich war, ganz nahe an den Straßenrand zu lenken – damit wir wenigstens vor Zusammenstößen mit anderen Autos sicher waren – und mich dann umzudrehen und durch energische Klapse und Scheltworte zu versuchen, die kämpfende Meute voneinander zu trennen.

Knobbie beteiligte sich niemals an diesen Raufereien, sondern verkroch sich im Gegenteil, sobald eine im Gange war, ganz in ihre Ecke und verzog schmerzlich das Gesicht. Chunkie fing zwar niemals einen Streit an, aber wenn einer ausgebrochen war, konnte er nicht widerstehen, mitzumachen; und hatte er sich erst mal in eine Schlägerei mit eingelassen, dann kämpfte er mit einer Zähigkeit und einem Spaß an der Sache, daß ich es mit der Angst bekam, weil ich befürchtete, daß sein strammer kleiner Bauch durch die scharfen Zähne eines seiner beiden wildgewordenen Söhne einen Riß bekommen könnte. Aber er kam immer heil davon, und auch von uns andern wurde niemals jemand ernstlich verletzt, obwohl man nach dem Lärm und der Heftigkeit des Kampfes hätte annehmen können, daß niemand mehr lebendig aus dem Wagen herauskommen würde. Auf dem Nachhauseweg aber herrschte Friede, weil sie sich inzwischen draußen ausgetobt hatten und nun müde waren.

Aber um diesen Zustand der Erschöpfung zu erreichen, mußten sie sehr ausgiebig bewegt werden. Von allen Hunderassen sind die Terriers bestimmt die lebhaftesten. Um dem ihrem Wachsen entsprechenden größeren Bedürfnis nach Bewegung gerecht zu werden, mußten wir unsere Spaziergänge täglich länger ausdehnen. Und wenn ich mich nicht daran beteiligte, sondern mich einfach auf einen Baumstumpf setzte, während sie einander jagten, dann ließen sie augenblicklich davon ab, kamen auf mich zu und setzten sich auch – jaulend und vor Ungeduld japsend, wieder loszusausen, und ruhten nicht eher, als bis ich mich erhob und weiterging.

Es war furchtbar ermüdend. Sie waren am Allerheiligentag geboren, und jetzt, mit ihren sechs Monaten, konnten sie kein Ende finden, sich in der warmen Mailuft herumzutummeln. Für mich war es nicht so leicht, in diesem südlichen Frühling noch so viel Aktivität aufzubringen. Aber das machte ihnen nichts aus, und von der leichtfüßigen und anmutigen Knobbie angeführt, rannten sie, gefolgt von dem kurzbeinigen, aber nie erlahmenden Chunkie, über die Felder dahin, als ob es so etwas wie Hitze überhaupt nicht gäbe, während ich, weit hinten, ihnen mehr nachkroch als ging und schon zufrieden war, wenn ich die vier kleinen weißen Gestalten nicht aus dem Auge verlor.

Für mich war der schönste Moment unserer Ausflüge der, wenn wir endlich zu unserm Auto zurückkamen. Dann sank ich, nachdem ich sie alle sicher hineinbugsiert hatte, mit einem Seufzer der Erleichterung auf meinen Führersitz und dankte Gott, daß ich für den Rest des Tages nicht mehr weiter zu laufen brauchte. Dennoch fühlte ich mich für diese täglichen Anstrengungen reichlich belohnt. Sie erhielten mir meine Spannkraft und meine Leichtigkeit und verhinderten, daß mein Rücken jene Krümmung annahm, die keinem Menschen zur Zierde gereicht; sie sorgten dafür, daß ich nicht kurzatmig und korpulent wurde; und überdies lehrten sie mich, wie köstlich es sein kann, stillzusitzen.

»Man hat uns erzählt«, schrieben meine Bekannten, »Du wärst so dünn geworden. Solche Magerkeit steht Dir bestimmt nicht. Natürlich sind Deine Hunde daran schuld.«

Nein, alles in allem machten sie mir keinen Kummer, nur Woosie war noch immer derselbe kleine Teufel geblieben; aber als er starb, schmerzte es mich doch. Und sein Tod war mir deshalb nicht weniger schmerzlich, als er ihn selbst durch seine Unachtsamkeit und seinen Ungehorsam verursacht hatte.

Woosie zeigte schon von frühester Jugend an eine ausgesprochene Abneigung dagegen, irgend jemandem zu gehorchen. Ich mochte pfeifen, bis mir der Atem ausging, ihn rufen, ihm drohen, ihn bitten und anflehen: er beschäftigte sich weiter mit dem, was ihn gerade interessierte, und tat so, als ob ihn das alles nichts anginge. Wenn ich ihn schließlich eingefangen hatte – die einzige mögliche Methode, seiner habhaft zu werden –, drohte ich ihm mit der Peitsche, worauf er beißen wollte und es manchmal sogar auch tat; und wenn ich ihn, um ein weiteres Ausreißen zu verhindern, an die Leine nahm, setzte er sich hin und weigerte sich störrisch, mitzugehen. Ich brachte es nicht über mich, ihn hinter mir her zu zerren; das wußte er ganz genau und rührte sich daher nicht von der Stelle, bis ich, zu guter Letzt nachgebend, ihn losmachte und trotz seines wütenden Strampelns und Schnappens hochnahm und eine Weile auf dem Arm trug – nur um ihm zu beweisen, daß er mit uns zu kommen und sich nicht selbständig zu machen und in Gefahr zu begeben hätte.

Aber was nützte das schon? Kaum hatte ich ihn wieder niedergesetzt – und ich mußte das sehr bald tun, denn niemand kann einen sich wehrenden strampelnden Hund lange tragen –, schoß er schon wieder davon, und oft verlockte er Winkie, der sonst so ungewöhnlich gehorsam war, ihm nachzujagen. Doch Winkie konnte ich jederzeit zurückpfeifen. Er war eigentlich nur glücklich, wenn er mich in seiner Nähe wußte, und obwohl er, nachdem ich die Wagentür aufgemacht hatte, in der ersten Begeisterung über die wiedergewonnene Bewegungsfreiheit mit den anderen davonraste, war er doch der einzige, der hin und wieder stehenblieb und sich nach mir umsah, ob ich auch nachkäme, so daß er, ebenso wie seine erfahrenen Eltern, beim Überqueren einer Straße keine Gefahr lief, denn wenn er auch als erster ankam, er wartete immer, bis ich auch da war, und lief erst auf meinen Befehl schnell auf die andere Seite.

Woosie hingegen dachte gar nicht daran, auf mich zu warten oder sich beim Überqueren der Straße zu beeilen. Im Gegenteil, er, dem sonst nie etwas schnell genug gehen konnte, überquerte eine Straße mit geradezu aufreizender Langsamkeit. Zuweilen blieb er mitten auf dem Fahrdamm stehen und schnüffelte interessiert auf dem Boden herum, als ob es solche Dinge wie um die Ecke sausende und mit rücksichtsloser französischer Unverschämtheit auf ihn zuschießende Autos gar nicht gäbe.

Das war sein Verderben. Eines Tages, als ich mit den anderen Hunden wie gewöhnlich über eine unbelebte Straße lief, blieb er wie gewöhnlich in der Mitte zurück.

Auf der anderen Seite angekommen, rief und pfiff ich wie gewöhnlich nach ihm, und wie gewöhnlich nahm er keine Notiz davon. Es war nur eine Landstraße zweiter Ordnung, auf der ich bisher noch nie ein Auto gesehen hatte. Daher ging ich auch nicht sofort zurück, um ihn zu holen, wie ich es auf einer Hauptverkehrsstraße getan haben würde, sondern ging ein paar Schritte auf die Hekkenrosen am Feldrain zu und bat ihn nur, doch ein guter Hund zu sein und zu kommen. Und diese wenigen Schritte genügten schon, um es unmöglich zu machen, noch rechtzeitig zu ihm zu gelangen, um ihn vor einem um die Ecke rasenden Auto zu retten.

Es war schon geschehen, bevor ich die Straße wieder erreichte, und unbekümmert darum, was es angerichtet hatte, setzte das Auto seinen Weg fort. Woosie lebte noch, aber ohne Bewußtsein. Ich hob ihn auf und fuhr in wahnsinnigem Tempo zum nächsten Tierarzt, den Verunglückten neben mir, während die drei andern Hunde sich, richtig erschrocken, in einer Ecke auf dem Rücksitz zusammendrängten.

Unterwegs kam das arme Tier wieder zu sich, und das war furchtbar. Ich mußte das Tempo mäßigen, um durch das Schütteln des Wagens seine Qualen nicht noch zu vermehren, und es schien mir, als sollten wir nie zu dem Tierarzt kommen. Verzweifelt malte ich mir aus, was geschehen würde, wenn der Tierarzt nicht da wäre. Ich bin oft in meinem Leben dankbar gewesen, sehr, sehr dankbar, aber niemals habe ich ein so tiefes Gefühl der Dankbarkeit empfunden wie in jenem Augenblick, als ich erfuhr, daß der Mann zu Hause war.

Gemeinsam trugen wir meinen armen kleinen Hund

auf den Operationstisch, wo er, inzwischen etwas ruhiger
geworden, so liegenblieb, wie wir ihn hingelegt hatten,
die Augen auf mich gerichtet, auf die er, als er noch gesund war, so wenig gehört hatte. In diesem letzten
schrecklichen Augenblick war ich seine einzige Hoffnung – was für eine armselige Hoffnung! Ich konnte
nichts anderes tun, als seinen armen Kopf streicheln und
ihm zuflüstern – während ich im stillen nur den einzigen
Wunsch hatte, daß der Tierarzt seinen Leiden so schnell
wie möglich ein Ende machen solle –: »Bald wird es dir
wieder bessergehen, Liebling, viel, viel besser...«

Er schien es zu verstehen und auch zu glauben. Er
wandte seine Augen nicht von mir, bis das tödliche Mittel, das der Tierarzt ihm gab, sie allmählich trübte. Er
hätte nicht weiterleben können, seine Verletzungen waren zu schwer. Und was, fragte ich den Tierarzt, als alles
vorüber war, hielt er von den Leuten im Auto, die genau
wußten, was sie angerichtet hatten – denn ich hatte gesehen, wie sie sich umdrehten und zurückblickten –, und
trotzdem unbekümmert weiterfuhren? Ob er glaube, daß
es für solche Leute irgendeine Entschuldigung gäbe?

Er zuckte die Schultern. »Après tout, Madame«, sagte
er, »ce n'est qu'un chien.«

Es schien mir, als ich mit Woosie, den ich in ein von
dem Tierarzt erbetenes Tuch eingeschlagen hatte – mit
Woosie, der im Leben nie still gewesen und nun für immer verstummt war –, heimfuhr, daß das Leben voller
Grausamkeit und Leiden war und daß der Tod die einzige
Erlösung davon bedeutete. Ich hatte das Leben immer
hoch geschätzt – denn, von wenigen Schicksalsschlägen

abgesehen, war es mir immer gutgegangen –, aber nun begann ich, den Tod als etwas Wunderschönes zu empfinden. Er machte allem ein Ende, aller Qual und allem Leid. Wahrscheinlich werden Menschen, die immer ein sorgloses und bequemes Leben geführt haben, meine Gedankengänge während jener Heimfahrt für krankhaft und übertrieben halten, aber ich glaube, daß sie der Wahrheit näher kamen. Und als ich das tote kleine Tier, das noch vor einer Stunde so voller Lebensfreude gewesen war, nun so kalt und reglos zu meinen Füßen liegen sah, war ich nur von dem einzigen Wunsch beseelt, seine Verzeihung zu erbitten und die aller armen hilflosen Geschöpfe, denen die Menschen durch ihre Unbarmherzigkeit so viel Böses zufügen.

Unterwegs traf ich einen Esel – ein mageres, elend aussehendes Tier, das, mühsam dahintrottend, mit seinen letzten Kräften einen mit Waren beladenen Wagen zog und von einem dicken Mann zur Eile angetrieben wurde. Aber alle Anstrengung half ihm nichts, er wurde doch geschlagen – hart und oft! Und als ich mir das Gesicht des Kutschers betrachtete, dachte ich, daß das Leben für einen abgearbeiteten Esel, einen getretenen Hund und eine mißhandelte Katze eine wahre Hölle wäre.

Doch zu Hause angekommen, umgab mich der himmlische Frieden eines südlichen Sommerabends. Hölle – hatte ich gedacht –, nein, das war eine Übertreibung. Die Sonne war schon untergegangen, aber am Horizont schimmerte es noch golden. Die Esterels mit ihren zackigen Gipfeln hoben sich als dunkle Silhouette von einem noch hellen Himmel ab. Die Zypressen standen so ernst und feierlich da wie lebende Denkmäler zur Ehre Gottes;

und über der Landschaft lag eine so andächtige Stille, daß es schien, als spräche die ganze Welt um diese Stunde ihr Nachtgebet. Aber das tat sie nicht. Jene Leute, die mit ihrem Auto Woosie getötet hatten, mußten inzwischen Monte Carlo erreicht haben und taten jetzt vermutlich etwas ganz anderes als beten; und in den Bauernhäusern, deren Fenster nach und nach aufleuchteten, gab es nach Ansicht ihrer Bewohner wenig Grund, Gebete zum Himmel zu schicken.

Aber in was für einer Welt lebten wir denn eigentlich, fragte ich mich verwirrt und bestürzt. War ihre Schönheit nur ein bloßer Hohn? Nichts als ein schlechter Scherz, den man sich mit Gottes hilflosen Geschöpfen erlaubte? War sie nur wie ein schützender Mantel über eine Welt des Schreckens gebreitet, so daß, wenn ein Zipfel gelüftet wurde, etwas so Furchtbares zu sehen war, so viel Leiden und Grausamkeit, daß niemand seinen Frieden wiederfinden konnte?

Der Gärtner half mir Woosie begraben. Wir begruben ihn schweigend – er stellte keine Fragen, und ich gab keine Erklärung ab. Als wir das kleine Grab zugeschaufelt hatten, war die kurze südliche Dämmerstunde vorüber, und die Sterne kamen hervor.

»Fleckenlose Reinheit – göttliche Harmonie...«

Oh, diese Poeten!

Meine anderen drei Hunde waren mir nun fast schmerzlich ans Herz gewachsen. Nicht, daß ich irgendwelche Besorgnisse hegte, daß sie Woosies Schicksal teilen könnten, denn Knobbie und Winkie gehorchten mir aufs Wort, und wenn Chunkie auch nicht immer gleich im ersten Augenblick tat, was er sollte, so benahm er sich doch beim Überqueren der Straßen so verständig, daß ich nicht um ihn bangen mußte; aber nach Woosies Tod schienen wir uns alle in ungetrübter Harmonie noch enger zusammenzuschließen. Raufereien gehörten nur mehr der Vergangenheit an. Ich hatte es nicht mehr nötig zu schelten, geschweige denn mit der Peitsche zu drohen. Und Winkie entwickelte in dieser Atmosphäre friedlicher Eintracht eine so erstaunliche Intelligenz und ein so rasches Auffassungsvermögen, daß er wirklich ein außergewöhnlicher Hund zu werden versprach.

So war zum Beispiel sein Benehmen in einer höchst schwierigen und unangenehmen Situation tatsächlich außergewöhnlich. Ich wachte eines Nachts davon auf, daß ich hörte, wie er aus seinem Korb kletterte und zu schlucken, aufzustoßen und zu würgen begann, alles Anzeichen, die darauf hindeuteten, daß ihm übel war und daß er sich übergeben wollte. Da ich gerade einen neuen Teppich gekauft hatte, wurde ich völlig kopflos und lief wie ein aufgescheuchtes Huhn im Zimmer umher, von der Balkontür zur Tür, die in den Korridor führte, ohne einen Entschluß fassen zu können – obwohl ich nichts anderes dachte, als daß Winkie schleunigst aus dem Zimmer müsse. Er aber drehte sich, trotzdem er von heftigem Aufstoßen geplagt wurde, zu mir um und sah mich mit einem so sprechenden Blick an, als ob er sagen wollte: »Reg dich nicht auf – das ist meine Angelegenheit!«, und ging dann schluckend, aber mit klarem Kopf in mein Badezimmer, wo er sich vor den Waschtisch hinstellte und sich bedächtig und vorsichtig nur in das Becken übergab.

Ich meine, es ist nur zu begreiflich, daß einem ein so verständiger Hund besonders teuer ist. Und Winkie besaß, außer seiner Klugheit und Selbstbeherrschung, noch den Vorzug, ausschließlich mich zu lieben. Es ist etwas Wunderbares, ausschließlich geliebt zu werden! Wann immer es mir geschah, empfand ich es als unendlich beglückend. Und Winkie blieb mir sein ganzes Leben lang treu, so treu wie ein guter Ehemann, der über der geliebten Frau alle anderen vergißt.

Nur selten wandte er seine schönen sprechenden Augen von mir ab. Wenn er sich schlafen legte und sie schließen mußte, blieb der Gedanke an mich in seinem Herzen noch so lebendig, daß er sie bei meiner geringsten Bewegung sogleich wieder öffnete und mich forschend ansah, als wollte er mich fragen, ob er irgend etwas für mich tun könne; und wohin ich immer ging, begleitete er mich, und wenn ich irgendwo saß, setzte er sich neben mich und legte den Kopf in meinen Schoß.

Ja, ich hing sehr an ihm. Von allen meinen Hunden, Coco nicht ausgenommen, habe ich ihn am meisten geliebt. Und ich sage das so, als ob meine Liebe der Vergangenheit angehörte, weil auch er mir durch den Tod entrissen wurde.

Dieses Buch weist genauso wie das Leben, je mehr es sich dem Ende zuneigt, immer neue Gräber auf; und es scheint, daß ein Hund, an dem man besonders hängt und auf den man besonders achtgibt, viel leichter stirbt als andere. Der Hund von meinem Milchmann, der niemals ein freundliches Wort zu hören bekommt und halb verhungert und immer angekettet ist, stirbt nicht; ein alter elsässischer Hund aus der Nachbarschaft, der sich immer auf die Straße legt, wird nicht überfahren, und der alte Jagdhund, der dem Briefträger gehört und der so schwach ist, daß er sich kaum noch bewegen kann, lebt immer noch weiter. Nur Winkie mußte in der Blüte seiner Jugend sterben – Winkie, den ich so geliebt, gepflegt und gehütet habe –, er allein, von allen Hunden, die hier herumlaufen, fiel unter den Millionen Zecken, die auf Sträuchern und Grashalmen darauf lauern, sich in dem Fell der Hunde festzuhaken, der einen Zecke zum Opfer, die den Tod bringt. Und so gab es in meinem Leben wieder ein neues Grab.

Aber obwohl ich über seinen Tod sehr traurig war und Winkie lange Zeit sehr schmerzlich vermißte, so empfand ich doch nicht dieselbe Verzweiflung, die mich überkam, als Woosie starb. Winkies Tod löste keine Verbitterung in mir aus. Man kann eine Zecke nicht für ihr Tun verantwortlich machen. Zecken müssen auch leben, so wie wir alle, und die Natur hat es so eingerichtet, daß ihnen das nur möglich ist, wenn sie anderen tierischen Geschöpfen, vor allem den Hunden, das zu ihrem Leben nötige Blut aussaugen. Was bleibt einem da anderes übrig, als wachsam und unermütlich zu versuchen, in diesem Fall der Natur das Handwerk zu legen? Zecken gegenüber hat meine Einsicht und meine Ergebenheit in das Schicksal keine Grenzen, und ebenso grenzenlos ist die Geduld, mit der ich jetzt, nach der traurigen Lehre, die mir zuteil wurde, meine noch lebenden Hunde nach diesen unheilbringenden Parasiten absuche. Ich verfolge sie ohne jeden Rachegedanken, aber nichtsdestoweniger unerbittlich mit nie erlahmendem Eifer, so daß eine

Zecke es schon schlau anstellen muß, um in Zukunft dem erbarmungslosen Zugriff meiner Pinzette zu entgehen.

Aber das gibt mir Winkie nicht zurück, und es tut mir weh, wenn ich daran denke, daß ich ihn hätte retten können, hätte ich zu seinen Lebzeiten den Zecken schon ebensoviel Beachtung geschenkt wie jetzt. Während dieser gefährlichen heißen Monate von April bis Oktober hätte ich meine Hunde niemals verlassen dürfen; da ich aber annehmen mußte, daß alles mit ihnen in Ordnung wäre – denn sie fraßen, schliefen und spielten wie gewöhnlich, und daß Winkie nicht ganz so viel wie die anderen herumtollte, fand ich in dieser Hitze nur vernünftig von ihm –, ließ ich sie im Sommer eine kurze Zeit allein und machte einen Ausflug nach Korsika.

Wieso ich, die ich so häuslich bin, gerade damals im August auf den Gedanken kam, eine kleine Reise zu unternehmen, das lag daran, daß mein Geburtstag in den August fällt, und ein Geburtstag ist, wie ich in Pommern gelernt habe, ein sehr wichtiges Ereignis, das man nicht sang- und klanglos übergehen darf. Das hat sich mir so tief eingeprägt, daß es mir seither unmöglich ist, keine Notiz davon zu nehmen. Die Zeit verstreicht, ich werde immer älter, und doch überkommt mich jedes Jahr, wenn der August im Anzuge ist, eine freudige Unruhe, ein Gefühl der Erwartung und das Bedürfnis, meinen Geburtstag irgendwie festlich zu gestalten. Das ist Pommern, das sich dann so in mir bemerkbar macht, und ich kann nicht vergessen, daß es an diesem Tag, der sich von allen anderen Tagen unseres Lebens unterscheidet, sowohl unsere Pflicht wie unser Recht ist, etwas Außergewöhnliches zu unternehmen.

Infolgedessen überlege ich mir jedes Jahr ernsthaft, in welcher Richtung dieses Außergewöhnliche wohl liegen könne. Aber es kommen da nicht mehr sehr viele Möglichkeiten in Betracht, und die Auswahl ist vor allem auch deshalb so gering, weil ich allein lebe und keinen Mann und keine Kinder mehr um mich habe, die dafür sorgten, daß dieser Tag mit einem Kuchen und einem brennenden Lichterkranz festlich eingeleitet wird. Meinen vorletzten Geburtstag verbrachte ich, da ich keine Möglichkeit sah, diesen Tag besonders vergnügt und zugleich würdig zu feiern, schmollend im Bett; und als einige junge Globetrotter meiner Bekanntschaft – weibliche Globetrotter, denn es gibt solche beiderlei Geschlechts –, die gerade in Calvi waren, mich einluden, sie in dem, wie sie behaupteten, schönsten Badeort der Welt zu besuchen, nahm ich das als einen Wink des Himmels, der allen Überlegungen ein Ende machte, und fuhr, ohne einen Augenblick zu zögern, zu ihnen nach Korsika.

Korsika ist bei ruhigem Seegang in nur sechs Stunden von Nizza aus zu erreichen, und Nizza liegt nur eine Stunde weit von meinem Haus entfernt – und frohen Herzens reiste ich ab, um eine Woche lang mit anderen fröhlichen Menschen zusammenzusein. Eine einzige Woche lang, dachte ich, sollte ich doch meine Hunde der Obhut des Personals überlassen können – acht Tage, sollte man meinen, sind nur eine kurze Zeit –, aber für Winkie war es zu lange gewesen, und als ich wiederkam, war es bereits zu spät, um ihn noch zu retten.

Ahnungslos, wie ich war, dachte ich, daß seine auffallende Müdigkeit nur auf die Hitze zurückzuführen sei, und bat den Tierarzt, mir ein kräftigendes Mittel für ihn zu geben; doch als der Tierarzt ihn erblickte, untersuchte er sofort Winkies Zunge und Gaumen und sagte dann – in einem Ton des Entsetzens, daß es mich eisig überlief: »Mais c'est effrayant!«

Es sah wirklich schrecklich aus. Winkies Zunge und Gaumen waren fast schneeweiß, und der Tierarzt erklärte mir, daß er an der in dieser Gegend besonders gefürchteten Zeckenkrankheit litt, an der man langsam innerlich verblutet.

Ich möchte von Winkies Sterben keine Einzelheiten erzählen, es ist erst so kurze Zeit her.

Als ich gestern während des unerwarteten Regens bei Anbruch der Dunkelheit in den Garten hinaussah, blieben meine Augen auf dem Rasenfleck haften, wo wir die letzten wenigen Stunden, die er noch leben sollte, zusammen verbrachten; so schwach und müde hatte er da auf einem Stuhl gelegen und mit seinen traurig-ernsten Augen zu den Feldern hingeblickt, über die er niemals wieder laufen sollte – während ich neben ihm im Grase saß und seine kalte, blutlose Pfote in der Hand hielt. Um sechs Uhr war dann der Tierarzt gekommen und hatte ihn in die Ewigkeit hinüberschlummern lassen. Genau gestern vor zehn Wochen ist Winkie gestorben, und es muß noch mehr Zeit darüber vergehen, ehe ich weniger schweren Herzens daran zurückdenken kann.

Es tröstet mich nur, daß ich in der Lage war, ihm durch einen sanften, schnellen Tod unnütze Qualen zu ersparen, und daß er niemals richtige Schmerzen gekannt hat. Ich weiß, daß Winkie bis zu seinem Ende glücklich gewesen ist. Niemand hat ihn jemals gescholten. Vom ersten bis zum letzten Tag seines Lebens hat er nur gute und zärtliche Worte zu hören bekommen, und sein Tod war völlig schmerzlos. Wie ich ihn geheißen hatte, legte er gehorsam seinen Kopf in meinen Schoß, und dann kam der erlösende Schlaf.

Und damit ist meine Erzählung zu Ende. Zu Beginn erwähnte ich, daß ich vierzehn Hunde hatte, und da Winkie der vierzehnte war und ich sein kurzes Leben von dem Tag an aufgezeichnet habe, an dem er auf dem Sofa in meinem Schlafzimmer zur Welt kam, bis zu dem Tag, an dem er auf meinem Schoß gestorben ist, habe ich eigentlich nichts mehr zu sagen. Außer, daß Knobbie und Chunkie noch bei mir sind und daß die beiden Winkie sehr vermißt haben.

Während der ersten Tage nach seinem Tod sprangen sie allmorgendlich auf den Gartenstuhl, auf dem Winkie die letzte Zeit gelegen hatte, und spähten nach ihm aus, Knobbie nach der einen Seite und Chunkie nach der anderen. Stundenlang blieben sie dort sitzen und waren nur mit Mühe dazu zu bewegen, etwas zu fressen.

Bald darauf mußte ich Knobbie für drei Wochen zu meinem Freund geben, der sie zweimal jährlich bei sich aufnimmt, um sie vor Chunkies Nachstellungen in Sicherheit zu bringen.

Als Knobbie ihn auch verließ, war Chunkie zunächst sichtlich bestürzt und niedergeschlagen, und um ihn zu trösten und abzulenken, nahm ich ihn jeden Nachmittag ans Meer mit, da ich wußte, daß er fürs Leben gern badet und Löcher in den Sand buddelt. Und nach wenigen Tagen bemerkte ich zu meiner Freude, daß seine alte unver-

wüstliche Frohnatur, die ich immer so sehr an ihm be-
wundert habe, wieder zum Vorschein kam.

Was ich auch immer sein mag, Chunkie ist jedenfalls
wirklich »resolut«. Er ist nach jeder Enttäuschung immer
von neuem bereit, sich auf die einzig richtige Weise dem
Leben gegenüber einzustellen.

Und was ist die einzig richtige Einstellung dem Leben
gegenüber?

Was Chunkie anbetrifft: den Mut nicht sinken zu lassen und sieghaft fröhlich mit dem Schwanz zu wedeln.

Ein kluger und vernünftiger Hund, der aus dem, was er
hat, das Beste macht, und sich über das, was ihm fehlt,
nicht ärgert. Und als ich während jener Nachmittage an
dem felsigen Meeresstrand darüber nachdachte, kam es
mir in den Sinn, wie schnöde und erbärmlich es doch
wäre, wenn ich mich gegen Prügel und Nackenschläge
weniger vernünftig und standhaft zeigte als Chunkie.

Grund genug, ein neues Gelübde zu tun!

Inhalt

Zu dieser Ausgabe

insel taschenbuch 1502
Elizabeth von Arnim, Alle meine Hunde

Titel der englischen Originalausgabe »All the Dogs of my Life«. Der Text
der Übersetzung folgt der Ausgabe Elizabeth Russell [Elizabeth von Arnim]
»Alle Hunde meines Lebens«, aus dem Englischen übersetzt von Karin von
Schab, S. Fischer Verlag, Berlin 1937. Umschlagabbildung: Arthur
Wardle, Working on a Hedgerow. Öl auf Leinwand. Privatsammlung.

Englische und amerikanische Literatur
im insel taschenbuch
Eine Auswahl

Kate Chopin
- Das Erwachen. Roman. Übersetzt von Ingrid Rein.
  it 2149. 222 Seiten

Daniel Defoe
- Glück und Unglück der berühmten Moll Flanders. Übersetzt von Martha Erler. Mit Illustrationen von William Hogarth und einem Essay von Norbert Kohl. it 707. 440 Seiten
- Robinson Crusoe. Übersetzt von Hannelore Novak. Mit Illustrationen von Ludwig Richter. it 41. 404 Seiten

Charles Dickens
- Bleak House. Übersetzt von Richard Zoozmann. Mit Illustrationen von Phiz. it 1110. 1031 Seiten
- David Copperfield. Mit Illustrationen von Phiz.
  it 468. 1245 Seiten
- Eine Geschichte aus zwei Städten. Mit Illustrationen von Phiz. it 1033. 506 Seiten
- Nikolaus Nickleby. Mit Illustrationen von Phiz.
  it 1304. 1022 Seiten
- Oliver Twist. Übersetzt von Reinhard Kilbel. Mit einem Nachwort von Rudolf Marx und Illustrationen von George Cruikshank. it 242. 607 Seiten
- Die Pickwickier. Mit Illustrationen von Robert Seymour, William Buss und Phiz. it 896. 1006 Seiten

D. H. Lawrence
- Liebesgeschichten. Übersetzt von Heide Steiner.
  it 1678. 308 Seiten

Katherine Mansfield
- Eine indiskrete Reise. Erzählungen. Ausgewählt von Franz-Friedrich Hackel. Übersetzt von Heide Steiner. Großdruck.
  it 2364. 214 Seiten

- Das Gartenfest und andere Erzählungen. Übersetzt von Heide Steiner. it 1724. 232 Seiten
- Reise in den Sommer. Erzählungen und Briefe. Großdruck. it 2388. 120 Seiten
- Über die Liebe. it 1703. 110 Seiten

Herman Melville
- Moby Dick. Übersetzt von Alice und Hans Seifert. Mit einem Nachwort von Rudolf Sühnel. it 233. 781 Seiten

Edgar Allan Poe
- Sämtliche Erzählungen. Herausgegeben von Günter Gentsch. Vier Bände in Kassette. it 1528-1531. 1568 Seiten
- Grube und Pendel. Schaurige Erzählungen. Übersetzt von Erika Gröger und Heide Steiner. it 2351. 188 Seiten
- Der Untergang des Hauses Usher. Meistererzählungen. Übersetzt von Babara Cramer-Nauhaus, Erika Gröger und Heide Steiner. it 1373. 182 Seiten

William Shakespeare
- Hamlet. Prinz von Dänemark. Übersetzt von August Wilhelm Schlegel. Mit Illustrationen von Eugène Delacroix. Herausgegeben und mit einem Essay versehen von Norbert Kohl. it 364. 270 Seiten
- Romeo und Julia. Übersetzt von Thomas Brasch. it 1383. 151 Seiten
- Die Sonette des William Shakespeare. Englisch und deutsch. Übersetzt von Wolfgang Kaußen. Mit einem Nachwort von Friedrich Apel. it 2228. 335 Seiten
- Die Tragödie des Macbeth. Übersetzt von Thomas Brasch. it 1440. 112 Seiten
- Was ihr wollt. Übersetzt von Thomas Brasch. it 1205. 132 Seiten
- Wie es euch gefällt. Übersetzt und bearbeitet von Thomas Brasch. it 1509. 121 Seiten

Mary Shelley
- Frankenstein oder Der moderne Prometheus. Übersetzt
  von Karl Bruno Leder und Gerd Leetz. Mit einem Essay
  und einer Bibliographie von Norbert Kohl.
  it 1030. 373 Seiten

Mark Twain
- Mark Twains Abenteuer. Herausgegeben von Norbert
  Kohl. Fünf Bände in Kassette. it 1891-1895. 2496 Seiten
- Huckleberry Finns Abenteuer. Übersetzt von Barbara
  Cramer-Nauhaus. Mit Illustrationen der Erstausgabe von
  Edward W. Kembe. it 1892. 413 Seiten
- Reisen um das Mittelmeer. Vergnügliche Geschichten.
  it 1799. 215 Seiten

»Von Tieren und Menschen«

*Anthologien
im insel taschenbuch*

Allerlei Bären. Aus der Höhle gelockt von Michael Koseler. it 2784. 219 Seiten

Auf samtweichen Pfoten. Katzengeschichten. Ausgewählt von Günter Berg und Jutta Kugler. it 2763. 144 Seiten

Komm schöne Katze. Gedichte, Prosa und farbige Fotografien. Herausgegeben von Hans Bender und Hans Georg Schwerte. it 2770. 144 Seiten

Das Mopsbuch. Ausgewählt von Felicitas Noeske. Mit farbigen Abbildungen. it 2778. 160 Seiten

Pferdegeschichten. Ausgewählt und mit einem Nachwort versehen von Katja Behrens. it 1734. 232 Seiten

Schmetterlinge. Betrachtungen, Erzählungen, Gedichte von Hermann Hesse. Zusammengestellt von Volker Michels. Mit farbigen Illustrationen. Großdruck. it 2424. 156 Seiten

Von Delphinen. Texte und Bilder. Ausgewählt von Gesine Dammel. it 2733. 160 Seiten

»Freude am Garten«
im Insel Verlag
Eine Auswahl

Alpenblumen im Frühling. Nachwort und kolorierte Holz-schnitte von Josef Weisz. Erläuterungen von Gerd Müller. IB 1142. 62 Seiten

Elizabeth von Arnim
- Elizabeth und ihr Garten. Roman. Aus dem Englischen von Adelheid Dormagen. Leinen und it 2291. 131 Seiten
- Der Garten der Kindheit. Übersetzt von Leonore Schwartz. it 2361. 80 Seiten

Bäume. Gedichte und Prosa. Ausgewählt von Gottfried Honnefelder. it 1811. 282 Seiten

Marianne Beuchert
- Gärten am Reiseweg. Von Irland bis Portugal. Mit farbigen Fotografien von Marion Nickig. 160 Seiten. Gebunden
- Die Gärten Chinas. it 2195. 280 Seiten
- Symbolik der Pflanzen. Von Akelei bis Zypresse. Mit 101 Aquarellen von Maria-Therese Tietmeyer. 391 Seiten. Leinen

Blütenzauber. Die schönsten Blumengedichte. Ausgewählt von Gesine Dammel. Mit farbigen Fotografien. it 2422. 150 Seiten

José Maria Eça de Queiroz. Die Rose. Mit zehn farbigen Bildern von Marion Nickig. IB 1177. 55 Seiten

Esther Gallwitz
- Kleiner Kräutergarten. Kräuter und Blumen bei den Alten Meistern im Städel. it 1818. 257 Seiten
- Schneewittchens Apfel. Pflanzen in Grimms Märchen. Mit farbigen Aquarellen von Maria-Therese Tietmeyer. it 2530. 180 Seiten

Mit Goethe durch den Garten. Ein ABC für Gartenfreunde. Herausgegeben von Claudia Schmölders. Illustrationen von Hans Traxler. it 1211. 137 Seiten

Hermann Hesse
- Bäume. Betrachtungen und Gedichte. Mit farbigen Fotografien von Pieter Jos van Limbergen. Herausgegeben von Volker Michels. it 2378. 184 Seiten
- Freude am Garten. Betrachtungen, Gedichte und Fotografien. Herausgegeben und mit einem Nachwort versehen von Volker Michels. it 2204. 240 Seiten
- Im Garten. Betrachtungen und Gedichte. Auswahl und Nachwort von Volker Michels. it 1329. 240 Seiten
- Jahreszeiten. Betrachtungen, Gedichte und Aquarelle. Zusammengestellt von Volker Michels. it 2339. 131 Seiten
- Schmetterlinge. Betrachtungen, Erzählungen, Gedichte. Zusammengestellt und mit einem Nachwort versehen von Volker Michels. Mit zahlreichen Illustrationen. it 2424. 160 Seiten
- Stunden im Garten. Der lahme Knabe. Zwei Idyllen. Mit Zeichnungen von Gunter Böhmer. IB 999. 124 Seiten
- Vogel. Ein Märchen. Illustriert von Gunter Böhmer. Mit einem Nachwort von Volker Michels. it 2399. 80 Seiten

Willi Harwerth
- Das kleine Baumbuch. Die deutschen Waldbäume. Geleitwort von Friedrich Schnack. Farbige Bilder von Willi Harwerth. IB 316. 68 Seiten

- Das kleine Kräuterbuch. Einheimische Heil-, Würz- und Duftpflanzen, nach der Natur gezeichnet von Willi Harwerth. Mit einer kleinen Kräuterkunde von Friedrich Schnack und Erläuterungen von Sandro Limbach. Mit 36 Bildtafeln. IB 269. 70 Seiten

Hinter Mauern ein Paradies. Der mittelalterliche Garten. Herausgegeben von Peter C. Mayer-Tasch/Bernd Mayerhofer. IB 1184. 111 Seiten

Marie Luise Kaschnitz. Der alte Garten. Ein Märchen. it 2394. 278 Seiten

Rudolf Koch. Das kleine Blumenbuch. 58 farbige Zeichnungen von Rudolf Koch in Holz geschnitten von Fritz Kredel. IB 281. 58 Seiten

Luzie Krolow. Gartenzauber. 32 Blumen- und Kräuterminiaturen. it 1718. 142 Seiten

Katherine Mansfield. Das Gartenfest und andere Erzählungen. Aus dem Englischen von Heide Steiner. it 1724. 232 Seiten

Maria Sibylla Merian
- Das Insektenbuch. Metamorphosis Insectorum Surinamensium. Nachdruck der 1707 in Amsterdam erschienenen Ausgabe nach dem Exemplar der Sächsischen Landesbibliothek zu Dresden. Begleittext von Helmut Deckert. Mit 60 Bildtafeln. Leinen. 164 Seiten.
  it 2870. 180 Seiten
- Neues Blumenbuch. Nachdruck der 1680 in Nürnberg erschienenen Ausgabe nach dem Exemplar der Sächsischen Landesbibliothek in Dresden. Begleittext von Helmut Deckert. Leinen und it 2927. 130 Seiten.

NF 56/4/3.03